Indiana Jones™ Jr contre les druides noirs

William McCay

Indiana Jones™ Jr contre les druides noirs

Traduit de l'américain par Stanislas de Thou
Illustrations d'Érik Juszezak

HACHETTE
Jeunesse

SÉRIE *INDIANA JONES* ™ *JR* DANS LA BIBLIOTHÈQUE VERTE

Indiana Jones Jr contre le roi Zed
Indiana Jones Jr et le masque de fer
Indiana Jones Jr et la princesse fugitive
Indiana Jones Jr et le tombeau du pharaon
Indiana Jones Jr et les chevaliers fantômes
Indiana Jones Jr et la croix de rubis
Indiana Jones Jr et le trésor de la plantation
Indiana Jones Jr contre les druides noirs

L'édition originale de cet ouvrage
a paru en langue anglaise chez Random House
sous le titre :
YOUNG INDIANA JONES AND THE CIRCLE OF DEATH

Hachette, 79, boulevard Saint-Germain, 75006 Paris.

1

Les désarrois de l'élève Mueller

« Vite, filons d'ici avant qu'ils ne changent d'avis ! s'écria Indy, l'air enthousiaste. Ah ! Herman, j'exagère à peine quand je dis que c'est le plus beau jour de ma vie ! »

Dès qu'il eut passé le nez par la porte, le jeune Indiana Jones se mit à bondir de joie. Ce qu'il célébrait ainsi, ce n'était pas la découverte du Saint-Graal ou bien de l'Arche d'Alliance, ni même ses premières fiançailles, mais tout simplement le début des vacances de Noël 1913. Depuis la rentrée, il attendait ce moment-là avec impatience. Le jour, il ne pensait qu'à ça... et la nuit, il en rêvait.

Il faut dire que Charenton Academy n'était pas un pensionnat comme les autres.

Située au cœur de l'Angleterre, c'était une superbe bâtisse de granit, entourée de pelouses qui semblaient entretenues aux ciseaux à moustache, et d'allées gravillonnées aussi proprement que des fonds d'aquarium. Mais l'idylle s'arrêtait là. Car les profs, eux, avec leurs toges noires et leurs mines cireuses, ressemblaient plutôt à des vampires mal réveillés. Ils étaient méchants comme des teignes : toujours une badine en jonc à la main, et en quête d'un prétexte pour s'en servir.

Plus méchant que les profs, il n'y avait guère que le préfet de discipline. Avec sa face de rat et ses yeux chassieux, il avait l'air d'un sinistre scélérat. Et, de fait, comme on s'en apercevait vite, c'en était un !

« Ressembler à ce point à ce que l'on est, quelle franchise ! » pensait Indy, qui s'en méfiait comme d'un serpent à sonnettes. Car le lascar n'était heureux que lorsqu'il avait cinglé avec son jonc au moins trois paires de fesses par jour, treize coups chacune. Il appelait cela la « douzaine du boulanger », c'est-à-dire généreusement comptée. Et pas question de crier, sinon il doublait la peine. Il la doublait aussi quand on oubliait de lui dire merci à la fin.

Mais le bouquet, c'était les élèves : plus méchants encore que les professeurs et le préfet de discipline réunis. Oh, pas entre eux — pour ça, ils se tenaient les coudes. Mais avec tout ce qui n'était pas cent pour cent anglais. Indy, d'abord, à cause de sa manière narquoise de sourire et de les fixer à travers ses paupières mi-closes. Et, tout de suite après, son ami Herman, parce qu'il avait le teint échauffé par l'abus de charcuterie et qu'il parlait avec une pointe d'accent étranger.

Dès le premier soir, ce fut le tollé parmi les braves petits Anglais de bonne souche lorsqu'on voulut installer avec eux dans le grand dortoir du deuxième étage les deux intrus. Quelqu'un cria : « Dehors, l'Amerloque ! Ouste, le Boche ! » et tout le monde reprit en chœur le joyeux refrain. Le préfet de discipline, sans leur donner raison, ne leur donna pas tort non plus. Il dit qu'il préférait une petite injustice à un grand désordre. Illico, « l'Amerloque » et « le Boche » furent refoulés au troisième étage, sous les combles : les torchons avec les torchons, les serviettes avec les serviettes. Dans le recoin le moins sale du grenier, on fit monter deux châlits, une armoire, une table et deux chaises, et voilà : cela faisait un lazaret assez convenable pour les deux pestiférés.

Indy et Herman, bons princes, décidèrent de s'en accommoder, pourvu qu'on les laissât passer leur quarantaine en paix. Mais c'était encore trop demander. Les braves enfants d'Angleterre s'acharnèrent : lits en portefeuille, livres cachés, manches de pyjama nouées, grenouilles dans le pot de chambre, et Dieu seul sait combien d'autres niaiseries de la même farine ! Tous les jours, c'était une farce nouvelle et plus bête que celle de la veille !

Indy avait déjà vu trop de choses dans sa vie pour se formaliser d'un bizutage. Il avait combattu des pilleurs de tombes en Egypte[1], alors, un lit en portefeuille !... Il s'était retrouvé dans un tombereau où grouillaient des centaines de serpents, alors, une grenouille dans le pot de chambre !... Il avait failli être jeté tout vif dans un brasier par une espèce d'adorateur de la face cachée de la lune[2], alors des nœuds aux manches !...

Oui mais, pour Herman, c'était loin d'être aussi facile. Avant cette période, le brave garçon n'avait jamais quitté son Allemagne natale. Il n'était jamais tombé de plus haut que de la selle de son vélo, n'avait jamais été mordu par quoi que ce soit de plus féroce que le caniche de sa grand-mère, et la seule fois où il avait failli se brûler, c'était avec une allumette ! Malgré tout, il s'évertuait à ressembler à

---

1. Voir *Indiana Jones Jr et le tombeau du pharaon* dans la même collection.
2. Voir *Indiana Jones Jr et la princesse fugitive* dans la même collection.

Indy. Il faisait celui que rien ne trouble, ni n'effraie, à son aise partout, dépaysé nulle part. Mais la pantomime manquait de conviction et les petits Anglais n'étaient pas dupes. Des collégiens, c'est comme des puces : ça sait d'instinct quel est le chien le plus faible de la meute et ça se coalise sur son dos. Et plus Herman faisait le fier-à-bras, plus les autres se donnaient de la peine pour lui gâcher l'existence.

Et voilà trois mois que cela durait !

Indy et Herman étaient en Angleterre parce qu'ils avaient suivi leurs pères et non pour leur plaisir, si bien qu'ils n'étaient pas déçus par le comportement hostile de leurs camarades. Ils n'en attendaient rien, mais ils étaient quand même rudement soulagés de voir arriver les vacances.

« Alors, c'est pour aujourd'hui ou pour demain ? » insista Indy, car Herman, au lieu de se mettre en route, contemplait avec perplexité les monceaux de bagages qu'il avait préparés. « Hé ! on ne s'en va pas au pôle Nord ! Pourquoi est-ce que tu emportes tout ça ? »

La face rondouillarde et joviale d'Herman se rembrunit.

« Je ne laisse rien ici, à la merci des vandales du deuxième étage, expliqua-t-il.

— Sage conduite, approuva Indy. Mais que je me garderai bien d'imiter, nuança-t-il aussitôt, en montrant à bout de bras le petit sac dans lequel il avait jeté en vrac quelques babioles. Voilà tout ce que j'emporte...

— Facile pour toi, qui n'as rien au monde de plus précieux que ton satané chapeau », répliqua Herman, avec dans la voix cette pointe d'admiration qu'inspire toujours la désinvolture aux gens que la nature a dotés d'un caractère sérieux.

Sur ce, en grimaçant comme un haltérophile, il ramassa les deux premières valises qui se présentèrent et s'élança vers la sortie à pas de géant. Avec une prestance de toréador, Indy s'écarta pour le laisser passer... Mais Herman n'alla pas plus loin que le sommet de l'escalier. A la première marche, il trébucha.

Il se serait rompu les os un étage plus bas si son ami n'était venu à la rescousse. Indy avait l'œil et l'esprit vifs et les muscles aussi. Il vit, comprit et plongea. La chance fit le reste. Le jeune garçon arriva juste à temps pour saisir d'une main le pan du manteau d'Herman, s'agripper de l'autre à la rampe, et freiner la chute. Herman atterrit une demi-douzaine de marches plus bas, un genou et une épaule meurtris, mais vivant et entier.

« Euh, quel idiot je fais! bougonna-t-il penaud. Je me suis tordu le pied et...

— On t'a aidé, interrompit Indy. Regarde : quelqu'un a tendu une ficelle en travers de l'escalier, juste à hauteur des chevilles. Ça, pour un beau croc-en-jambe, c'est un beau croc-en-jambe! »

En apercevant à son tour le piège, Herman devint blanc de rage.

« Alors, c'est la guerre à outrance? dit-il d'une voix grondante.

— Oui, cette fois, c'est allé trop loin,

approuva Indy, une lueur massacrante dans ses yeux clairs. Il faut que nous...

— Il faut que *je...*, coupa Herman. C'est moi qui étais visé. Je les hais, ces sales petits Rosbifs! Des morveux, des orgueilleux! Ah, vivement que la marine allemande réduise en mille morceaux leur précieuse Royal Navy. Ça leur rabattra peut-être un peu le caquet!

— Herman!» protesta Indy, auquel cette tirade belliqueuse paraissait disproportionnée.

Ce n'était d'ailleurs pas la première fois qu'il entendait son ami prononcer ce genre de propos va-t-en-guerre.

«Il ne faut pas plaisanter avec ces choses-là! reprit-il. Je te rappelle que nous sommes en Angleterre. Et en 1913! Ce n'est plus comme au bon vieux temps.»

Il voulait dire qu'une odeur de guerre flottait sur l'Europe.

«Déjà, tu t'appelles *Herman Mueller*, acheva-t-il. Je ne t'en fais pas le reproche, note bien, mais quand même! Plus Allemand que ça, je ne vois guère que la choucroute!

— Tout le monde ne peut pas avoir un nom qui fleure bon le chewing-gum, comme Henry Jones junior, par exemple», rétorqua Herman, l'air pincé.

Henry, c'était le vrai prénom d'Indy. Mais il ne l'aimait guère — trop sérieux et trop vieillot pour quelqu'un de son âge et de son caractère. Le surnom d'Indiana lui allait beaucoup mieux, pensait-il. Ce n'était pas un de ces sobriquets ridicules que les autres vous collent sur le dos, comme Double-patte, Poil-de-carotte ou Binoclard, et dont on cherche par tous les moyens à se débarrasser. Ce nouveau nom, il se l'était choisi lui-même, en mémoire d'un chien valeureux, qui un jour n'avait pas hésité à se battre contre un serpent pour le protéger. C'était en somme un nom de guerre, qu'il arborait fièrement et dont il s'efforçait de se montrer toujours digne. Pour lui, annoncer : «Je m'appelle Indiana Jones» revenait à prédire de grands exploits, comme si, en héritant du nom, il avait hérité des vertus qui allaient avec. Indiana Jones, ça signifiait : « Vous allez voir ce que vous allez voir ! » Dans ces conditions, s'obstiner à l'appeler Henry était une façon de lui répondre : « C'est tout vu ! » Voilà pourquoi d'ordinaire ça le mettait en rogne.

Mais, pour cette fois, il n'aurait pas trouvé fair-play de se fâcher : celui des deux qui avait commencé à chercher des noises à l'autre à propos de son nom, n'était-ce pas lui ?

« Touché ! » dit-il avec un sourire de bon perdant.

Et puis, il redevint grave et enchaîna :

« Herman, je sais bien que les mômes d'ici ne sont pas des saints. Mais reconnais que tu les as provoqués plus d'une fois et que ce n'est pas tout à fait par hasard s'ils t'ont pris en grippe et te mènent la vie dure. »

Après ces paroles fermes, Indy se tut et attendit une réponse. Mais comme elle ne venait pas, en regardant Herman droit dans les yeux, il reprit :

« Ecoute, vieux frère, je sais qu'au fond

tu es quelqu'un de gentil. Et cependant, ces temps derniers, on dirait que tu cherches la bagarre. Tout se passe comme si tu allais exprès au-devant des ennuis. Qu'est-ce qu'il y a?

— C'est à cause de mon père», avoua Herman, après une brève hésitation.

Et comme il paraissait estimer que c'était là une explication suffisante, et se renfermait de nouveau dans le silence, Indy fut obligé d'insister :

«Eh bien quoi, ton père?

— Ses lettres... Elles disent qu'il a beaucoup de tracas à Stonehenge.»

Stonehenge! Le grand nom était lâché. C'était au sud de l'Angleterre, dans le Wiltshire, le monument le plus énigmatique de la préhistoire : d'énormes pierres dressées en cercle au milieu d'une plaine, sans que personne sache bien ni par qui, ni pourquoi, ni quand, ni comment. Herman Mueller père y faisait des fouilles dans l'espoir de le découvrir. Non pas dans l'enceinte elle-même — il n'en avait pas eu l'autorisation —, mais dans la plaine environnante, avec l'idée que les bâtisseurs de cet étrange édifice avaient dû établir quelque part par là un campement et qu'il suffisait d'en exhumer les vestiges pour détenir enfin la clé du mystère.

M. Mueller n'était pas un archéologue professionnel. Mais c'était un fouilleur passionné. Immensément riche, il parcourait le monde à la recherche de merveilles englouties qui, le plus souvent, n'avaient jamais existé que dans son imagination. La plupart des savants le connaissaient et le tenaient pour un farfelu. Mais personne ne lui avait jamais reproché de lésiner sur la main-d'œuvre et, la bonne fortune aidant, il avait déjà fait deux ou trois trouvailles.

M. Mueller avait encore une autre qualité : il ne répugnait pas à demander conseil à plus compétent que lui. Et comme, par un heureux hasard, le professeur Jones se trouvait au même moment à Cambridge pour une série de conférences, il lui avait demandé de le rejoindre dès que possible. Tous frais payés, bien entendu. Le professeur, qui n'était pas homme à laisser passer une occasion de participer à des recherches archéologiques, avait accepté, pourvu qu'Indy, dont il n'aurait su que faire autrement, puisse venir aussi. Et c'est ainsi que les Mueller et les Jones, pères et fils, avaient prévu de passer les vacances de Noël ensemble à Stonehenge.

« Quel genre de tracas ? insista Indy, car sa curiosité était si bien piquée qu'il ne craignait plus de paraître indiscret.

— C'est à cause des terrassiers que mon père a engagés, expliqua Herman. Tu sais qu'ils sont indispensables.

— Evidemment ! interrompit Indy, les yeux brillants d'intérêt. Ah, comme j'ai hâte d'y être, moi aussi, et de leur donner un coup de main ! Pas toi ? Songe aux fascinantes découvertes que nous allons faire. »

A l'évocation de toute cette terre qu'il leur faudrait déplacer, Herman fit une moue qu'Indy trouva comique. Visiblement, dans l'idée qu'Herman se faisait de vacances réussies, ne figuraient ni pioche ni truelle, ni cloques ni durillons.

« Pour l'instant, la seule chose que mon père ait trouvée, ce sont des soucis ! répondit Herman avec des hochements de tête navrés. Dans chacune de ses lettres, il est question d'un nouveau problème. Pour commencer, les outils se sont perdus entre la gare et le site. Papa en a fait aussitôt venir d'autres. Ceux-là sont bel et bien parvenus à destination mais ont tous cassé mystérieusement au bout de quelques jours. Et puis ce sont les ouvriers qui se sont mis à déserter. Papa dit que c'est à cause de superstitions ridicules...

— Des superstitions ? répéta Indy.

— Eh bien, oui. Stonehenge n'est pas un endroit très rassurant.

— Je sais. J'ai vu des photos. Ces grosses pierres ont l'air mytérieux. Mais pas de quoi attraper une jaunisse !

— Il y a pourtant quelque chose qui effraie les ouvriers. Ils racontent des histoires de fantômes qui leur apparaissent dans la brume et se volatilisent aussitôt qu'on s'en approche. Certains prétendent qu'ils ont vu des flammes surgir soudain devant eux, des pierres qui saignaient...

— Tout ça, c'est des sornettes! s'exclama Indy en faisant une moue de mépris. Et pourtant, continua-t-il avec les yeux de quelqu'un qui vient d'avoir une idée intéressante, je ne vois pas pourquoi les ouvriers iraient inventer des histoires pareilles. Hé, hé! on dirait bien que quelqu'un se met en frais pour empêcher ton père de découvrir la vérité sur Stonehenge. Voilà une situation comme je les adore, conclut-il en se frottant les mains.

— Mon père est d'un autre avis. Cette histoire le rend fou! répondit Herman, les poings et les dents serrés. Ah, j'enrage!

— Et moi je jubile, dit Indy. J'ai l'impression que nous n'allons pas nous ennuyer pendant les vacances! Nous allons tâcher de nous rendre utiles.

— En trouvant le fin mot de l'histoire, si tu veux, conclut Herman. N'importe quoi, pourvu qu'on ne me demande pas de creuser!»

Indy aida Herman à se relever et remonta au sommet de l'escalier pour ôter le piège. C'était un bout de ficelle ordinaire, anonyme, mais dans l'esprit d'Indy il n'y avait pas le moindre doute : pour imaginer un traquenard aussi vicieux, il ne pouvait y avoir que Reggie Pengrave...

Pengrave était le caïd de l'école, fort en muscles, fort en gueule, fils de lord, capitaine de l'équipe de rugby, boxeur émérite, seul maître à bord après Dieu dans le dortoir du deuxième étage, et infatigable persécuteur d'Herman.

Fumant et écumant, Indy dévala l'escalier. Herman, lorsqu'il estima avoir suffisamment malaxé son genou endolori, suivit en clopinant.

Ils trouvèrent au rez-de-chaussée un groupe d'Anglais qui ricanaient de bon cœur.

« C'est pas de chance, disait quelqu'un à la grosse voix. Et moi qui espérais que le gros lard s'écraserait en bas comme une citrouille trop mûre. »

Il n'était pas difficile de repérer celui qui parlait ainsi, car il dépassait les autres de la tête et des épaules. Indy l'interpella.

« Hé, Pengrave, jusqu'ici je n'ai rien dit car je trouvais tes farces plus bêtes que méchantes. Mais cette fois-ci, tu dépasses les bornes. Tu aurais pu blesser quelqu'un. »

Reggie Pengrave se retourna et considéra Indy avec arrogance.

« Ne t'en fais pas pour ça, vieux frère, répondit-il sur un ton goguenard. Il n'y a personne au troisième étage.

— Il y a Indy et moi, protesta candidement Herman.

— C'est bien ce que je disais : il n'y a personne », confirma Reggie, au milieu des rires de ses courtisans.

Indy le toisa méchamment. Pengrave, nez en bec d'aigle et cheveux d'un blond filasse surmontés d'une lilliputienne casquette bleu marine, n'était certainement pas beau — mais vraiment impressionnant, avec sa carrure d'armoire et ses longs bras d'orang-outan au bout desquels pendaient des poings qui avaient l'air aussi moelleux et caressants que des fers à repasser.

« Tiens, lui dit Indy en lui lançant au visage le bout de ficelle qui avait servi au piège. C'est à toi, je te le rends. Fais-moi plaisir, va te pendre avec !

— Tu m'insultes et tu me provoques, l'Amerloque ! affirma Reggie d'une voix menaçante.

— Moi ? protesta Indy innocemment. Sûrement pas ! J'avais au contraire l'impression de te traiter avec tout le respect et la crainte qui te sont dus. »

Reggie n'était pas accoutumé à tant de moquerie. De rose bonbon, il devint rouge comme une crête de coq.

« Cette fois, c'en est trop ! » hurla-t-il.

Et il s'avança vers Indy en retroussant ses manches. Indy se mit en garde et l'attendit de pied ferme. Les autres formèrent cercle autour des deux combattants. Quelqu'un cria :

« Vas-y, Reggie, tue-le ! »

Pengrave tenta de placer d'entrée son terrible uppercut du gauche mais Indy l'esquiva. Heureusement, car le poing de Pengrave en passant sous son nez déplaça beaucoup d'air.

Déséquilibré, Pengrave exposa un instant la moitié gauche de son visage. Indy en profita pour lui assener un crochet à la pommette. C'était le genre de coup qu'un garçon de la corpulence de Pengrave pouvait encaisser sans faiblir. Pour le descendre, il en aurait fallu dix de plus. Mais Pengrave se vexa. En se vexant, il pâlit. Et en pâlissant, il se déconcentra. Avec un meuglement de taureau, il chargea, frappant des deux poings, à toute volée mais au petit bonheur, le plus souvent dans le vide.

Indy reçut quand même un coup terrible à l'épaule, qui le fit pivoter comme une girouette dans la bourrasque. Il baissa sa garde. Pengrave, impatient de profiter de l'aubaine, attaqua. Mais il était toujours aussi brouillon. Entre ses deux poings fermés, Indy trouva un interstice assez grand pour faufiler le sien. Pengrave le reçut en plein sur le nez. Sous l'impact, il battit des paupières

et recula en titubant. Trente-six chandelles sur fond de nuit noire scintillèrent devant ses yeux et un goût fadasse et écœurant se répandit sur ses lèvres.

Il s'essuya la bouche et contempla sa main. La découvrant ensanglantée, il devint comme fou. Il plongea sur Indy, le saisit par la taille et entreprit de l'étouffer contre lui en serrant de toutes ses forces. La bagarre de garnements dégénérait en un corps-à-corps digne d'Hercule et du lion de Némée! Indy savait qu'il pouvait se libérer en enfonçant ses pouces dans les yeux de son adversaire, mais il hésitait devant un procédé aussi cruel. Enfin, l'inspiration lui vint. Il appliqua le plat de sa main sous le nez de Pengrave et pressa : c'est sans danger, mais atrocement douloureux et ça coupe les forces. Immédiatement, l'étau qui lui broyait les côtes se desserra.

A ce moment-là, quelqu'un cria : «Vingt-deux! le pion!» et tous les garçons se dispersèrent comme une volée de moineaux. Mais les combattants étaient si occupés l'un par l'autre qu'ils ne virent rien, n'entendirent rien. C'est seulement lorsqu'une paire de mains puissantes s'abattit sur leurs épaules et les sépara qu'ils comprirent que les vrais ennuis commençaient.

Ils tournèrent la tête. La haute silhouette noire du préfet de discipline les surplombait sinistrement. Il ne fit pas le moindre reproche.

« Ces jeunes messieurs auront-ils l'obligeance de m'accompagner jusqu'à mon bureau ? » leur dit-il seulement, avec une politesse onctueuse.

Les deux garçons obéirent. Ils savaient ce qui les attendait là-bas : douze coups de trique sur les fesses et un treizième pour faire bon poids. Mais ils marchèrent au supplice très dignement, chacun se consolant sans doute avec l'idée que l'autre allait y passer aussi.

2

Des cailloux et des hommes

Le train qui emmenait Indy et Herman était une espèce de tortillard qui lambinait à travers la campagne anglaise.

Il avait un peu neigé. Tout était recouvert d'une fine couche blanche. Ils traversèrent de petites villes, au sein desquelles les vitrines de boutique qu'ils aperçurent étaient toutes décorées comme il convient à l'approche de Noël. Çà et là, il y avait même quelques cottages au toit de chaume dont la cheminée fumait. La nature s'était mise à ressembler à un décor de carte postale.

Indy, toutefois, n'admirait pas le paysage. Son imagination caracolait loin devant la poussive locomotive. Il se voyait déjà découvrant mille et un trésors à Stonehenge. Oh, comme il avait hâte d'y être!

Et ce maudit voyage qui n'en finissait pas!

Indy, avec une grimace de douleur, changea une nouvelle fois de position. La correction lui laissait un souvenir cuisant qu'il lui faudrait plusieurs jours pour oublier.

« Décidément, la douzaine du boulanger, c'est pas du gâteau!» se dit-il.

Mais il décida coûte que coûte de ne plus y penser. C'était Noël, que diable : l'heure était à la joie. On s'en allait vers Stonehenge : l'heure était aux projets grandioses, aux folles ambitions. Une fois là-bas, il avait l'intention d'écrire une page d'histoire, ni plus ni moins. Foi d'Indiana Jones junior! Enfin, si la chance voulait sourire.

Et si le père d'Herman ne décidait pas, devant l'adversité, d'annuler les fouilles.

« Toutes ces étrangetés, songea Indy. Je me demande ce qu'il y a là-dessous. »

Herman, en face de lui, somnolait, un livre ouvert sur ses genoux. Celui-là, toutes les occasions lui étaient bonnes pour piquer un petit somme. Indy eut pitié de lui et ne le réveilla que lorsque la gare de Salisbury fut en vue. C'était là qu'ils descendaient.

Indy n'attendit même pas que le train fût complètement arrêté pour sauter sur le quai. Et ce n'est pas son maigre baluchon qui alourdit sa chute...

« A nous deux, Stonehenge, et tes mystères, vrais ou faux ! » se dit-il.

Comme il se retournait pour prêter main forte à Herman qui, lui, était chargé comme un mulet, Indy aperçut quelque chose qui le figea de stupeur et le fit grimacer de mécontentement.

Surplombé d'une casquette aux proportions lilliputiennes d'où émergeaient des mèches d'un blond filasse et précédé par un nez en bec d'aigle, descendait, du wagon voisin, un individu qui ne lui était pas inconnu.

« Herman, regarde qui est là », s'écria-t-il.

Herman regarda. Ce qu'il vit le surprit et le navra autant qu'Indy.

« Non, ce n'est pas possible, s'exclama-t-il, ce ne peut pas être *lui* ! Nous sommes abusés par une ressemblance.

— Hélas ! soupira Indy. C'est bien lui, je le crains. Crois-moi, il n'y en a pas deux comme ça dans toute l'Angleterre.

— Et c'est tant mieux », ponctua Herman.

Pendant ce temps, Reggie Pengrave posait sur le quai un pied de conquérant et sur les alentours un regard plein de morgue, ne s'arrêtant pas à contempler les gens. Avec une exception cependant pour Indy et Herman : lorsqu'il les aperçut, ses yeux s'alourdirent de haine et un petit reniflement de mépris plissa son gros nez. Mais il ne perdit pas son temps à les toiser. Après avoir haussé les épaules, il quitta la gare à grands pas, traversant la foule comme s'il avait été le propriétaire des lieux et les autres voyageurs des intrus. Un grand homme maigre, botté, en livrée grise et casquette de chauffeur de maître, le suivait, portant ses bagages...

« Tout de même, quelle poisse ! s'écria Indy. Venir de si loin, tellement souffrir en route, tout ça pour se retrouver avec Reggie Pengrave comme voisin !

— Ouais, fit Herman. J'espère que mon père a loué un château fort. Je ne dormirai tranquille que si je sais qu'il y a au moins des douves, un pont-levis et une herse entre moi et ce brave Reggie. »

C'est alors qu'un appel joyeux retentit dans leur dos.

« Ohé, les garçons ! Nous sommes là ! »

Ils se retournèrent. De l'autre bout du quai, M. Mueller leur faisait de grands signes avec la main. Grand et gros, le père d'Herman avait la barbe et les cheveux blancs. Emmitouflé dans un large manteau à col de fourrure, il ressemblait à un ours.

Disparaissant derrière cette silhouette massive, le professeur Henry Jones était coiffé d'une casquette à la Sherlock Holmes et frissonnait dans sa simple veste de tweed. Comme d'habitude, il avait un livre à la main. Un large sourire éclairait son visage.

« C'est bon de te revoir, mon garçon, dit-il.

— Salut, papa », répondit Indy en se jetant dans ses bras et en faisant claquer sur sa joue un baiser — ce dont l'auguste professeur fut grandement étonné, car il n'était guère accoutumé à ce genre d'effusion. Mais après les trois mois terribles qu'il venait de vivre à Charenton Academy, Indy devait être en retard d'affection paternelle.

M. Mueller débarrassa son fils d'une partie de ses bagages sans s'étonner de le voir aussi chargé qu'une caravane de marchands. Indy songea qu'il n'était pas le seul à avoir un père distrait et que cela avait parfois du bon.

Les deux garçons se laissèrent guider par leurs pères jusqu'à une étincelante berline noire rangée devant la gare. Dans le hall, leur petit groupe croisa un couple et ses deux enfants, tous quatre blonds comme les blés, mais affreusement maigres.

« Bonjour, Carstairs, dit M. Mueller au père de famille. Et joyeux Noël. »

A mi-voix, afin de n'être entendu que par les deux garçons, il ajouta :

« Carstairs travaillait pour moi. Et puis, un beau matin, sans crier gare, il a cessé de venir. »

Indy regarda fixement l'homme au visage émacié, qui ôta sa casquette et, en la pétrissant timidement contre sa poitrine, s'inclina bien bas. Il ne paraissait pas hostile. Mais on aurait dit que quelque chose l'effrayait.

« Bizarre, bizarre », songea Indy.

Et pendant le trajet qui les conduisait, le long de routes étroites et sinueuses, jusqu'à la maison louée par M. Mueller près de la petite ville d'Amesbury, il y repensa, se jurant d'en avoir bientôt le cœur net...

Enfin, ils arrivèrent à destination. C'était une belle demeure en briques rouges, tout en longueur, qui se prélassait au milieu d'un grand parc arboré.

« Vous verrez, c'est confortable, expliqua M. Mueller en rangeant la voiture devant le perron. Pas aussi antique et solennel que le manoir des Pengrave, mais quand même...

— Le manoir des Pengrave? s'étonna Herman en échangeant avec Indy un bref regard. Est-ce dans les parages?

— A trois kilomètres à vol d'oiseau dans cette direction, répondit M. Mueller en montrant du doigt le sud-ouest. Le double, si l'on suit les méandres des routes anglaises. Pengrave, c'est le hobereau du cru. Un baron, je crois. Dans le coin, les gens en ont plein la bouche de leur *Lord* Pengrave. Je ne le connais pas personnellement, n'ayant jamais été admis en sa seigneuriale compagnie. Mais je m'en consolerai! En fait, j'ai l'impression qu'il n'aime pas beaucoup les étrangers en général, ni les Allemands en particulier...

— Si c'est une tradition familiale, elle n'est pas près de s'éteindre», murmura Indy en aparté pour Herman.

Le majordome devait guetter leur retour car la porte s'ouvrit toute seule lorsqu'ils se présentèrent devant. Dans la salle à manger le couvert était mis, à la cuisine tout était prêt : on n'attendait plus qu'eux.

Les deux garçons passèrent à table sans se faire prier : le voyage leur avait ouvert l'appétit. Indy brûlait d'envie d'entendre parler de Stonehenge, mais il crut poli d'attendre jusqu'au dessert avant de demander à M. Mueller des nouvelles de ses fouilles.

Celui-ci répondit qu'elles se passaient moins bien qu'il ne l'aurait souhaité.

« Mais je vous en prie, ajouta-t-il, ne laissons pas ces petits soucis gâcher une aussi excellente soirée. »

Sans changer de sujet, il l'aborda différemment, demandant aux deux collégiens s'ils savaient ce que signifiait le nom de Stonehenge.

Indy s'empressa de répondre :

« C'est du vieil anglais ! »

Avant de venir, il avait pris la précaution de lire tout ce que la bibliothèque de Charenton Academy pouvait offrir sur le sujet.

« Cela veut dire : “ Les rochers flottants ”.

— Parce qu’ils sont en pierre ponce et qu’ils flottent sur l’eau ? demanda naïvement Herman.

— Non, intervint le professeur Jones. Parce que ces mégalithes semblent flotter dans les airs.

— Mégalithes ? répéta Herman, qui entendait ce mot pour la première fois.

— C’est tout bêtement un nom savant pour dire : “ grosses pierres ”, expliqua Indy, fier d’étaler un savoir récent. Et les civilisations qu’on appelle “ mégalithiques ” sont celles qui ont érigé les menhirs et les dolmens.

— Je vois, dit Herman.

— Un “ menhir ”, c’est une grosse pierre dressée verticalement, précisa le professeur Jones. Et un “ dolmen ”, un monument composé de deux grosses pierres verticales avec une troisième posée dessus, un peu comme un linteau de porte.

— J’imagine que cela doit ressembler à

une table pour un pique-nique de Titans, plaisanta Indy.

— En Bretagne, on trouve ces monuments alignés, continua le professeur, qui n'était pas facile à interrompre une fois lancé. L'originalité de Stonehenge, c'est qu'il s'agit d'un cromlech. »

En entendant ce nom barbare, Indy et Herman roulèrent des yeux éberlués.

« Cromlech, c'est ainsi qu'on appelle des dolmens agencés en cercle, précisa alors M. Mueller. Et ce qu'il y a d'ahurissant dans le cas de Stonehenge, s'empressa-t-il d'ajouter tandis qu'il avait la parole, c'est que certaines des pierres qui ont servi à son édification, pèsent plus de cinquante tonnes et qu'elles proviennent du Pays de Galles, c'est-à-dire qu'il a fallu les transporter sur plus de trois cents kilomètres.

— Stupéfiant ! s'exclamèrent Indy et Herman en chœur.

— Quel boulot ! continua Indy tout seul. C'était encore plus fou que de bâtir les Pyramides !

— N'exagérons rien, corrigea le professeur Jones un peu sèchement. La moindre pyramide égyptienne est dix fois plus haute et mille fois plus lourde que les mégalithes en question. »

Dans le silence gêné qui suivit, le professeur ajouta même qu'à l'époque où les anciens Celtes traînaient encore leurs espèces de gros cailloux dans la plaine de Salisbury, les pharaons étaient en train d'achever leurs pyramides et qu'en Mésopotamie, on commençait à édifier de prodigieux palais.

« Il faut savoir de quoi on parle, conclut-il. Et ne comparer que ce qui est comparable !

— Père, remarqua alors Indy, on dirait que les bâtisseurs de Stonehenge ne vous inspirent pas une admiration sans borne.

— Point du tout ! Je suis prêt à rendre hommage à leurs muscles, ironisa le professeur Jones, mais comme architectes, pardon, c'était des retardataires. »

A ces mots, M. Mueller prit l'air outragé de quelqu'un qui vient d'entendre dire du mal de sa famille.

« Je vous trouve bien sévère avec eux, protesta-t-il. Stonehenge est à mes yeux une merveille, parfaitement adaptée à sa fonction.

— D'autant plus qu'on ne sait pas pourquoi cela fut construit ! » répondit le professeur en riant.

« Allons bon, pensa Indy, car la conversation prenait un tour qui ne lui plaisait guère, il ne manquait plus que ça ! Nous allons avoir droit à une interminable querelle d'experts ! Et moi qui tombe de sommeil ! Pourvu qu'Herman ne s'en mêle pas... »

Herman s'en mêla !

« Sait-on du moins quels en sont les constructeurs ? » demanda-t-il.

C'était la question à ne pas poser. A partir de là, le débat s'envenima. M. Mueller et le professeur Jones répondirent d'une même voix. Mais pas la même chose, hélas !

« Les druides », s'écria M. Mueller.

« D'illustres inconnus ! » s'exclama le professeur.

Et les deux hommes se regardèrent,

fort étonnés l'un par l'autre. Ils firent l'effort de se sourire, mais leurs yeux en disaient long. « Ah, ces savants officiels, quels tristes sires ! » songeait M. Mueller. « Ah, ces amateurs éclairés, quels hurluberlus ! » pensait le professeur Jones.

« Ce ne peut être que les druides, insista M. Mueller.

— Et qu'en auraient-ils fait ? demanda le professeur d'un ton sceptique.

— Un temple.

— Je ne sache pas que les druides aient jamais eu besoin de temple, persista le professeur. Tout ce qu'on sait d'eux avec certitude, c'est qu'ils célébraient un culte aux divinités de la nature autour d'un chêne sacré, qu'il leur arrivait en certaines circonstances d'y grimper et de couper du gui avec une faucille en or, c'est tout.

— Les druides ? répéta Herman.

— Les anciens prêtres gaulois, expliqua M. Mueller. Mais ce n'était pas leur unique fonction. Ils étaient aussi magistrats et professeurs, détenteurs suprêmes des secrets de la nature et grands connaisseurs du mouvement des astres... Et sans doute aussi magiciens géniaux. »

Le professeur Jones dodelinait de la tête, les yeux au plafond, l'air un peu moqueur.

« Mon cher monsieur Mueller, répliqua-t-il, loin de moi l'idée de nier le savoir des druides, mais quelqu'un qui ne vous connaîtrait pas mieux pourrait croire que vous êtes un adepte de ce soi-disant culte druidique qui, paraît-il, fait plus que jamais des adeptes en ce moment...

— Quoi, vous voulez dire qu'il y a encore des druides de nos jours? s'étonna Indy.

— Non, lui répondit M. Mueller. Seulement des énergumènes qui se prennent pour des druides. Ils se déguisent avec de longues robes blanches, se collent sous le nez de fausses moustaches à la gauloise et arpentent la forêt en psalmodiant des abracadabras! Stonehenge est leur point de ralliement, leur Terre sainte. Personnellement, je les tiens pour des clowns. C'est pourquoi, continua-t-il en se retournant vers le professeur Jones, si quelqu'un de mes amis était tenté de me confondre avec eux, j'avoue que cela me causerait un profond chagrin. Je ne suis qu'un honnête amateur avide de science et ma seule ambition en venant ici est d'apprendre ce que furent les *vrais* druides. »

Le professeur Jones retira de bonne grâce ce qu'il avait dit et M. Mueller put reprendre :

« Donc, pour moi, Stonehenge était un temple. Sans doute voué à un culte solaire. Car tout porte à croire qu'ils adoraient le soleil et que la nuit de la Saint-Jean a eu une signification particulière pour eux. »

Herman voulut savoir ce que la nuit de la Saint-Jean avait de spécial. Indy expliqua :

« C'est le 21 juin, le solstice d'été, autrement dit la nuit la plus courte de l'année.

— Oui. Et le plus épatant, enchaîna M. Mueller, c'est que les bâtisseurs de Stonehenge le savaient fort bien. A l'aube du 21 juin, si vous vous tenez au milieu du cromlech et que vous regardez dans l'axe principal, vous voyez se lever le soleil juste en face de vous. Hélas, aujourd'hui, acheva-t-il en riant, pour être témoin de ce joli phénomène, il n'y a plus guère que les soi-disant druides dont nous parlions tout à l'heure...

— Ce que mon excellent ami oublie de vous dire, mes chers enfants, intervint le professeur Jones, c'est que ces messieurs n'étaient pas seulement de doux astronomes...

— A quoi faites-vous allusion, professeur? s'étonna M. Mueller.

— A une certaine pierre plate qui se trouve en plein centre du cromlech...

— Eh bien?

— Ne l'appelle-t-on pas " l'autel du sacrifice "?

— Oui. Mais quant à moi, je me demande bien pourquoi.

— Parce qu'on y pratiquait des sacrifices, pardi! s'exclama le professeur Jones.

— D'animaux, peut-être, nuança M. Mueller.

— Humains! insista le professeur.

— Il n'y a pas de preuves de ça! protesta M. Mueller. Pline ne parle jamais que du sacrifice de deux taureaux.

— Jules César, lui, prétend..., commença le professeur.

— Jules César fut un grand massacreur de druides! interrompit M. Mueller. Il a calomnié ses victimes après les avoir égorgées dans l'espoir de donner un semblant de justice à ses crimes!»

Disant cela, sa voix claironnait, une vertueuse indignation la faisant vibrer. Le professeur insista néanmoins :

« Dans *La guerre des Gaules,* il écrit que... »

Mais M. Mueller lui coupa la parole une fois de plus pour affirmer que croire au témoignage de Jules César sur les druides était ridicule.

« Qui veut noyer son chien dit qu'il a la rage, c'est bien connu », conclut-il.

La querelle engagée menaçait de durer toute la nuit. Elle s'éteignit pourtant brusquement... lorsque la fenêtre de la salle à manger explosa. Simultanément, l'air se vida de ses éclats de voix et s'emplit d'éclats de verre.

Bondissant de sa chaise, Indy courut regarder dehors. Mais dans la nuit noire, il ne vit rien. Seul, le vent glacé qui passait par le trou béant dans le carreau le fit frissonner.

Il revint à sa place. Au milieu de la table, près d'une assiette brisée, trônait un gros caillou.

Le professeur Jones s'en empara.

Une feuille de papier y était attachée.

Il la prit et la déplia.

Elle contenait un message, en grosses lettres rouges, qui disait : «BAS LES PATTES SUR STONEHENGE, SALE BOCHE!»

3

La cathédrale de la préhistoire

M. Mueller prit le papier des mains du professeur Jones. « Ainsi donc, dit-il, ce n'est pas assez d'effrayer mes ouvriers. Maintenant, on s'en prend à moi ! »

D'un geste rageur, il froissa le message anonyme et le jeta dans un coin de la pièce.

« Mais moi, je ne suis pas aussi facile à décourager ! affirma-t-il bravement.

— Bravo, papa ! s'écria Herman. Tu vas leur faire voir de quel bois tu te chauffes, à ces maudits Rosbifs ! »

Cette violente sortie ne passa pas inaperçue. M. Mueller regarda son fils avec stupeur et lui demanda d'où lui venait soudain tant d'aversion pour les Anglais. En réponse, Herman fit brièvement le récit des misères endurées à Charenton Academy, prenant Indy à témoin lorsqu'il craignait de ne pas être cru.

« C'est bien simple, conclut-il, au début, j'ai pensé que Charenton Academy était une succursale de l'enfer. Mais, après un trimestre passé là-bas, j'en viens à me demander si ce n'est pas l'enfer qui est une succursale de Charenton Academy.

— Mes enfants, que puis-je vous dire ? protesta M. Mueller, visiblement navré par ce qu'il venait d'entendre. On m'avait affirmé que c'était une bonne école, sinon, vous pensez bien...

— C'est peut-être quand même une bonne école, papa, interrompit Herman. Seulement, il nous a été très difficile d'en juger ! Et tout ça, à cause de Reggie Pengrave qui a monté tout le monde contre nous...

— Pengrave ?

— Oui, papa, *Pengrave !* Le fils de

l'autre. Il n'y a pas de doute possible! Nous l'avons vu, *de nos yeux vu,* descendre du train à la même gare que nous. »

M. Mueller fronça ses gros sourcils neigeux.

« J'estime que nous avons déjà assez de soucis comme ça. Alors, je suggère que vous en usiez avec le fils comme j'en use avec le père : en l'ignorant...

— Soit, dit Herman sans trop d'arrière-pensées.

— Soit », dit Indy en corrigeant mentalement : « Pourvu qu'il fasse de même. »

Le majordome fit son entrée, une lampe tempête à la main.

« Sir, dit-il à M. Mueller, lorsque j'ai entendu du bruit, je suis allé voir dehors. Mais il n'y avait personne.

— Je suppose que, pour ce soir, la fête est finie, murmura Indy.

— Oui, et je suggère que nous allions nous coucher, dit alors le professeur Jones. Il n'est que temps, si nous voulons être frais et dispos, demain matin, pour voir se lever le soleil sur Stonehenge. »

Indy approuva de grand cœur. Trop de mystères l'attendaient là-bas. Il avait hâte de se mettre à l'œuvre...

Il faisait encore nuit noire dehors lorsque le professeur Jones entra dans la chambre que partageaient Indy et Herman, alluma les lumières et proclama : « Debout là-dedans ! » sur un ton de maréchal des logis qui réveille son régiment. Il était habillé de pied en cap et prêt à partir.

Protestant à grands coups de *Brrr !* et de *Grrr !*, les deux garçons enfouirent leurs têtes sous leurs oreillers. Mais lorsque le professeur arracha leurs couvertures, il fallut bien qu'ils cèdent et sautent du lit.

« La fortune appartient à ceux qui se lèvent tôt ! » leur rappela Henry Jones.

Indy et Herman firent leur toilette et s'habillèrent avec des gestes de somnambules, avant de se traîner dehors à tâtons. Ils étaient encore dans un semi-coma lorsqu'ils montèrent en voiture. C'est l'air frais qui acheva de les réveiller.

L'aube pointait. Du gris se mêlait au noir dans le ciel. Une brume blanchâtre semblait sortir de terre. L'auto de M. Mueller glissait sur la plaine de Salisbury comme un grand navire sur une mer écumante.

« On ne verra pas grand-chose du lever de soleil avec tout ce brouillard », marmonna Herman.

On franchit une petite butte. De l'autre côté, il y avait des accrocs dans le voile de brume. Les garçons aperçurent des formes qui se dessinaient sur l'horizon maintenant teinté de rouge.

Devant eux, le paysage était plat comme le dos de la main. Pas un arbre, rien que des herbes clairsemées. Le vent qui soufflait, glaçait les os.

Et soudain Stonehenge surgit de la brume.

Vision horrifique!

Ce qui frappait d'abord, c'était l'énormité de l'édifice. Et puis, une espèce de détermination dans son caractère... On aurait dit le dernier carré d'une armée de géants. Il y avait des brèches dans les rangs de ces vaillants soldats, mais rien ne semblait pouvoir faire vaciller leur courage.

Sans doute, dans leur jeunesse, avaient-ils eu le teint plus lisse. Mais les outrages de la pluie et du vent les avaient ridés, craquelés, meurtris. C'était de vieux grognards burinés à présent. N'importe ! Ils continuaient à défier les siècles !

A côté de lui, Indy entendit Herman hoqueter d'effroi. Il se tourna vers son ami, un rassurant sourire aux lèvres.

« Ça n'a rien à voir avec les photos, hein ? » lança-t-il.

Les craintes superstitieuses des ouvriers lui semblaient soudain plus compréhensibles.

M. Mueller arrêta l'auto. Dans les premières lueurs de l'aube, des silhouettes se mouvaient. C'étaient des hommes, qui avec une pioche, qui avec une pelle sur l'épaule.

Indy les observa. Aucun ne semblait pressé de se mettre au travail. Certains tournaient vers Stonehenge des regards inquiets, d'autres n'osaient pas même lever les yeux sur le sinistre monument.

M. Mueller compta ses ouvriers comme un général qui passe ses troupes en revue. Son visage s'assombrit en constatant qu'il en manquait encore.

« Où sont Thurgood et Wilson ? » demanda-t-il.

Le contremaître s'avança.

« Wilson m'a prévenu hier soir qu'il ne pourrait pas venir pendant quelque temps, expliqua-t-il. Sa sœur est malade et...

— C'est incroyable le nombre de gens qui sont malades dans l'entourage de mes ouvriers ces temps-ci ! » interrompit M. Mueller d'un ton bourru.

Indy et Herman échangèrent un regard de connivence. M. Mueller n'était peut-être pas facile à décourager mais apparemment on ne pouvait pas en dire autant de ses ouvriers.

« Et Thurgood ? » insista M. Mueller.

Le contremaître se mordit les lèvres comme quelqu'un qui rechigne à parler. Un des terrassiers qui se tenaient là, répondit pour lui :

« Thurgood a dit qu'il ne s'approcherait plus jamais de Stonehenge, raconta-t-il. Nous avons eu la frousse de notre vie, hier soir. »

Le bonhomme, avec ses deux mètres de haut, ses yeux brillants comme des escarboucles, sa barbe hirsute de pirate, ne ressemblait pas précisément à l'idée qu'on se fait d'une poule mouillée. Pourtant, ses mains, dont l'une était entourée d'un pansement, tremblotaient, et sa voix était voilée de crainte.

Indy et Herman se rapprochèrent. Les choses devenaient intéressantes.

« Que s'est-il passé ? demanda M. Mueller.

— Eh bien, répondit l'homme en malaxant sa casquette, figurez-vous qu'après le travail, on était resté à une demi-douzaine pour se réchauffer avec un petit coup de gnôle. Avec le zeph qui soufflait hier soir, j'vous jure que c'était pas du luxe, patron. On était allé à l'intérieur du cercle, pour se mettre à l'abri du vent, vous comprenez ? Bref, voilà qu'une des pierres se mit à briller ! Lumineuse comme un quinquet de taverne, elle était...

— Le soleil couchant qui frappait dessus ? suggéra M. Mueller.

— Le soleil, 'y avait belle lurette qu'il était couché, patron. La lumière, elle venait du dedans, j'sais pas comment dire, moi. Mais, pour sûr, c'était rouge, rouge comme du sang.

— Et alors ? demanda M. Mueller.

— Eh bien, patron, comme j'étais le plus proche, j'ai mis la main dessus.

— Et alors ? redemanda M. Mueller.

— Je me suis brûlé, pardi. »

L'homme ôta son pansement. Indy resta bouche bée. La paume de la main était déformée par une énorme cloque. La brûlure était vilaine. Mais était-ce vraiment arrivé comme il le racontait ? Indy se le demandait. Et il n'était pas le seul.

« Vous ne vous seriez pas fait ça ailleurs qu'ici, par hasard ? suggéra M. Mueller.

— Vous n'auriez pas mis votre main sur le poêle, une fois rentré chez vous ? » ajouta Indy.

L'homme hocha la tête.

« Je n'étais pas seul quand c'est arrivé, dit-il. Si vous ne me croyez pas, demandez aux gars. Ils ont tout vu. Ce sont même eux qui m'ont mis ce bandage. »

Plusieurs ouvriers confirmèrent.

« C'est vrai. On était là. C'est bien comme ça que les choses se sont passées. »

Fallait-il les croire ? se demanda Indy. Franchement, à voir leurs visages inquiets, il y était enclin. Ces gens-là n'avaient pas l'air de compères qui s'amusent à raconter des histoires à dormir debout.

L'ouvrier brûlé acheva son récit :

« Lorsque Thurgood a vu ma brûlure, il a sauté sur son vélo et il a dit que plus jamais il ne remettrait les pieds ici. »

M. Mueller aida le blessé à refaire son pansement.

« Vous n'allez pas pouvoir manier la pioche avec une main dans cet état, mon pauvre ami, dit-il. Auriez-vous la gentillesse de montrer Stonehenge à mon fils et à son camarade en attendant que le contremaître vous trouve un petit travail tranquille ?

— Bien sûr, fit l'homme.

— Dans ce cas, les enfants, reprit M. Mueller en se tournant vers Herman et Indy, je vous présente votre guide. Il ne vous reste plus qu'à le suivre. »

Un qui était ravi de l'aubaine, c'était Indy.

« Formidable ! songea-t-il. Je vais peut-être pouvoir apprendre quelque chose d'intéressant. »

Il fut déçu lorsque l'ouvrier commença par leur raconter, avec force détails invraisemblables, la légende selon laquelle Stonehenge aurait été construit par l'Enchanteur Merlin pour servir de mausolée au roi Arthur. Depuis son aventure à Cadbury[1], Indy connaissait

---

1. Voir *Indiana Jones Jr et les chevaliers fantômes,* dans la même série.

mieux que personne les Chevaliers de la Table Ronde. Alors tous les contes de bonnes femmes répandus à leur sujet l'agaçaient terriblement!... A ce moment précis, il espérait mieux qu'une visite guidée agrémentée de sornettes. Il était là pour résoudre un mystère, et cherchait des indices. Mais le jeune aventurier n'eut pas besoin de poser des questions car l'ouvrier continua :

« Vous auriez vu la tête de Lord Pengrave lorsque M. Mueller a débarqué à Amesbury! D'après lui, seuls des archéologues anglais devraient être autorisés à creuser autour de Stonehenge. Il y avait déjà eu cet excentrique plein aux as qui avait tenté de l'acheter. Pensez! Il voulait le démonter pierre par pierre pour le reconstruire devant son ranch au Texas! Le pire, c'est que le coup a failli réussir. Alors, Lord Pengrave a fait passer une loi au Parlement. Désormais, plus aucun étranger n'a le droit d'acheter Stonehenge pour l'emporter chez lui.

— Vous autres Anglais êtes payés pour savoir qu'on ne se méfie jamais assez, fit observer Indy. Vos musées ne regorgent-ils pas de chefs-d'œuvre chapardés en Egypte ou en Grèce?

— Ces pays-là sont peuplés de sauvages, répondit l'ouvrier. Les belles choses sont mieux en Angleterre.»

Indy trouva cela tellement énorme qu'il préféra ne pas relever. Dans le dos du bonhomme, il échangea avec Herman un regard qui voulait dire : «Décidément, ces Anglais, tous les mêmes!»

La visite continua, fastidieuse pour le guide, ennuyeuse pour les garçons. Stonehenge était constitué de deux cercles concentriques. Ils franchirent le premier, à l'extérieur duquel il n'y avait rien à voir que de l'herbe rare et de gros cailloux. Le cercle lui-même était composé de menhirs bleuâtres et de dolmens gris-vert qu'Indy et Herman examinèrent sous toutes les coutures.

Entre les deux cercles, ce n'était pas vraiment folichon. Mais lorsqu'on approchait du second, les choses sérieuses commençaient.

On arrivait au cœur de Stonehenge!

Des pierres gigantesques en équilibre sur des colonnes titanesques. Une impression de cathédrale préhistorique.

Au milieu, comme un autel, une pierre plate.

Saisis d'un pressentiment, les deux garçons et leur guide s'en approchèrent à pas comptés. Soudain, le guide poussa un cri et prit ses jambes à son cou, tandis que les deux garçons se figeaient de stupeur.

Sur la pierre plate, au milieu de signes cabalistiques tracés du bout d'un doigt trempé dans son sang, gisait un lapin égorgé.

4

Embuscade, sérénade et razzia

«Je suppose que c'est ce que les gens d'ici appellent "poser un lapin"», ironisa Indy, le premier moment de surprise passé.

Mais, pour apprécier la plaisanterie, il fut bien le seul. Herman n'avait pas le cœur à rire : pâle comme un linge, grimaçant de dégoût, il semblait lutter contre une terrible nausée.

«Une bonne chose que je sois à jeun», articula-t-il péniblement, la main sur la gorge.

Un martèlement de pas les fit se retourner. C'était, ameutés par le guide à la barbe hirsute, M. Mueller et le professeur Jones qui accouraient, suivis par l'ensemble des ouvriers.

Attroupés en cercle autour du lapin mort, ils contemplèrent le message indéchiffrable tracé en lettres de sang. Tous paraissaient fascinés.

« Hallucinant ! s'écria enfin M. Mueller. Je savais que ces soi-disant druides venaient faire leurs pitreries en cachette ici. Mais jamais je n'avais entendu parler de sacrifices d'animaux. »

Indy avait recouvré suffisamment de sang-froid pour observer les ouvriers. N'importe lequel d'entre eux pouvait avoir égorgé ce lapin et tracé ces étranges symboles. Ça lui aurait été facile.

Mais il ne remarqua sur les traits d'aucun d'entre eux quelque chose qui trahisse le coupable. Au contraire, ils paraissaient tous très effrayés. Pâles, ils hochaient la tête en marmonnant des imprécations indistinctes. Certains même se signèrent pour éloigner le mauvais sort.

Un grand gaillard au nez cassé de bagarreur s'avança.

« C'est de la sorcellerie, voilà ce que c'est ! » lança-t-il.

Ses mains tremblaient et une profonde frayeur se lisait dans ses yeux élargis. A regarder les autres, on voyait bien qu'ils étaient tout autant paniqués.

« Allons, mes amis, s'écria M. Mueller. Vous n'allez quand même pas vous laisser impressionner par cette sinistre mascarade ! Des lapins morts, vous en voyez tous les jours à l'étal du boucher ! Ce n'est pas pour si peu que vous entrez en transe !

— Sir, lui répondit l'ouvrier à la main brûlée, avec vous les salaires sont bons ! Pour ça, 'y a rien à dire, patron ! Et ce sont nos femmes qui sont contentes de nous voir rapporter la paye... Pour une fois qu'elles ne crient pas famine ! Mais la vie d'un homme, vous ne la payerez jamais assez cher. Ni son âme. »

Les autres firent entendre une rumeur d'approbation. Sans un mot de plus, d'un même pas, têtes basses, ils retournèrent vers le chantier. Mais ils ne reprirent pas leurs outils. Au lieu de cela, ils enfourchèrent leurs bicyclettes.

« Ah ! les crétins ! s'écria M. Mueller en les regardant s'éloigner dans la brume. Dire que cette scène se passe dans un pays civilisé ! Dire qu'il suffit d'un lapin mort et de quelques gribouillis rouges sur une pierre pour mettre en déroute une armée de bons chrétiens ! Tant d'ignorance et de superstition après plus de dix siècles de catéchisme, cela me dépasse !... »

Il se tut une seconde, le temps de reprendre son souffle, et enfonça rageusement ses mains dans les poches de son manteau.

« Bon, reprit-il enfin, puisque ces braves gens sont rentrés chez eux, eh bien, il ne nous reste plus qu'à en faire autant... et à nous consoler avec un bon *breakfast*. »

Comme un malheur ne vient jamais seul, en arrivant à la maison, ils eurent droit à une autre déplaisante nouvelle. Le cuisinier les attendait sur le perron en se tordant les mains. Il semblait aux cent coups. Les voyant paraître, il courut au-devant de la voiture et laissa tout juste à M. Mueller le temps d'en descendre avant de s'écrier :

« Patron, patron, cette fois, c'en est trop. Il faut faire quelque chose ! Ces maudits garnements...

— Quels maudits garnements ? interrompit M. Mueller.

— Est-ce que je sais, moi ? Des gosses de la ville, grogna le cuisinier. Ils ont cassé tous les œufs.

— Comment ont-ils fait ça ? » voulut savoir Indy.

Il se demandait s'il n'y avait pas encore là-dessous quelque prodige ou maléfice.

« Ils ont jeté des pierres au commis du crémier qui venait les livrer, expliqua le cuisinier, les dents serrées par la rage. Il est tombé de vélo. Le pauvre gosse est arrivé ici tout couvert de boue et de bleus. Comme le commis du boucher ne s'est pas montré ce matin, je me demande s'il ne lui est pas arrivé la même chose. »

Le procédé était donc plus banal qu'Indy l'aurait cru. Banal, mais efficace. Il échangea avec Herman un regard entendu.

« On se croirait revenu au bon vieux temps de Charenton Academy, souffla-t-il.

— N'oublie pas qui habite à quelques kilomètres d'ici », répondit Herman.

Pendant ce temps, M. Mueller consolait de son mieux le cuisinier.

« Ne vous en faites pas, mon brave, lui disait-il. Pas d'œufs, pas de bacon ? La belle affaire ! Un Anglais en mourrait peut-être, mais nous autres, Allemands, sommes un peuple habitué à endurer stoïquement les vicissitudes de la vie. Et mes amis Américains non plus ne sont pas chichiteux, n'est-ce pas, messieurs ? »

Indy et le professeur Jones approuvèrent poliment.

« Bon, continua M. Mueller, tant qu'il reste du thé, du pain et de la confiture d'orange, nous ne mourrons pas de faim. Ensuite, j'irai faire le tour des bourgs avoisinants pour voir si je n'y trouve pas quelques personnes à embaucher. »

Le professeur proposa à M. Mueller de l'accompagner. Il fut aussi convenu que les garçons auraient quartier libre jusqu'au soir.

« Il y a deux vélos dans la remise, leur dit M. Mueller. Prenez-les et allez vous promener si cela vous chante. Mais je vous en prie, soyez prudents. »

Les garçons n'auraient jamais osé rêver d'une pareille aubaine. Ils dirent oui à tout ce qu'on voulut leur faire promettre : de ne pas rouler vite, d'éviter les ennuis, de ne pas répondre aux provocations, de se tenir à l'écart de Stonehenge et de ne pas se mêler d'affaires d'adultes qui ne les regardaient pas. Pour une journée de liberté, ils auraient promis la lune !

Le petit déjeuner ne dura guère longtemps. Mais c'était encore trop pour leur impatience. Sans avoir achevé leurs tartines, ils demandèrent l'autorisation de quitter la table, sous le prétexte que le lapin sanguinolent leur avait coupé l'appétit et qu'après tant d'émotions ils avaient davantage besoin d'un bol d'air que d'un bol de thé.

Permission accordée! Dans un grand tintamarre de talons ferrés, ils coururent à la remise.

Au moment d'enfourcher les vélos, Herman changea de figure.

« Reggie en a après moi, dit-il avec une tranquille détermination dans la voix et le regard. Il sait où je suis et... »

Indy hocha la tête.

« Je ne pense pas qu'il s'agisse seulement de toi, répondit-il. Il se passe quelque chose d'autre dans les parages.

— Quoi?

— C'est ce que j'aimerais pouvoir te dire! Mais le seul endroit où nous pouvons espérer apprendre quelque chose, c'est en ville.

— Nous avons promis de ne pas chercher d'ennuis, rappela Herman, soudain inquiet.

— Ne t'en fais pas, le rassura Indy. Je voudrais seulement retrouver certains des anciens ouvriers de ton père et essayer de découvrir ce qu'il y a vraiment sous ces histoires de pierres qui saignent, de flammes qui surgissent du sol et de fantômes insaisissables. »

Le visage d'Herman s'éclaira.

« Et avec un peu de chance nous trouverons peut-être aussi une confiserie, dit-il. Je suis en panne de bonbons. »

Indy sourit avec indulgence : quand la gourmandise de quelqu'un l'emporte sur sa peur, c'est qu'on a affaire à un drôle de caractère !

Quelques minutes plus tard, ils pédalaient vers Amesbury. Indy ouvrait la voie. Il regardait d'un œil soupçonneux les buissons qui bordaient la route, craignant une embuscade. Mais, chose curieuse ! il fut presque plus déçu que soulagé d'arriver sans encombre à destination.

Amesbury était une petite ville proprette, aux rues étroites et pavées, avec des maisons couvertes d'ardoises. Les fenêtres à petits carreaux étaient toutes décorées de guirlandes de houx et de boules multicolores. Dans les vitrines des boutiques, les symboles de Noël s'étalaient.

Le regard d'Herman s'éclaira en apercevant une enseigne.

« "*Confectioner*" ! Si je ne m'abuse, c'est bien comme ça que les Anglais appellent les marchands de bonbons ! » s'écria-t-il.

Et, debout sur les pédales, tête dans le guidon, il piqua un sprint, laissant Indy sur place.

Resté seul au milieu de la rue, Indy se mit à la recherche du pub le plus populaire de la ville. Les ouvriers qui avaient démissionné tout à l'heure étaient sans doute là, en train de se réconforter à grands coups de bière et de gin. Ah, le voilà ! *A la chope de cervoise,* proclamait l'enseigne.

Il avait rangé son vélo contre un mur et s'apprêtait à pousser la porte de la taverne lorsqu'un malaise indéfinissable l'arrêta dans son geste. Au début, il ne sut pas bien ce que c'était, quelque chose de diffus, comme l'impression d'un poids sur la nuque. Soudain, il reconnut ce sentiment. C'est celui qu'on a lorsque quelqu'un, dans notre dos, nous regarde avec insistance.

Il se retourna. Les rares passants dans la rue ne semblaient pas s'intéresser à lui. Il lui fallut plusieurs secondes avant de remarquer l'homme qui le surveillait par une fenêtre du premier étage de l'immeuble d'en face. Il ne fit d'ailleurs que l'apercevoir, entre deux pans de rideaux entrebâillés... une forme vague et sombre, où brillaient deux yeux étranges, d'un jaune sale comme la lueur des becs de gaz.

Et puis les rideaux se refermèrent sèchement.

Indy fit un pas en arrière pour voir tout entière la façade de l'immeuble. C'était une vieille auberge. Sous le toit, une enseigne de bois se balançait en couinant sur ses charnières. Dessus, on lisait : *A la pierre druidale.* Il y avait aussi un drôle de dessin, grossièrement ciselé et à demi effacé par les intempéries. A force de l'observer, Indy finit par distinguer la silhouette d'une victime ligotée et bâillonnée, couchée sur une pierre plate — et des signes bizarroïdes... qui ressemblaient comme des frères à ceux qu'ils avaient vus le matin même, à Stonehenge, autour du lapin sacrifié!

« Ça promet », murmura-t-il.

Et puis, il haussa les épaules, songeant avec philosophie qu'avant de s'inquiéter, il valait mieux attendre de savoir ce que cela cachait.

Il allait pénétrer dans la taverne lorsqu'une seconde fois, il en fut empêché par un événement qui survint dans son dos. Cette fois, c'étaient des cris.

Herman sortait de la confiserie comme s'il avait eu le diable à ses trousses. Indy comprit vite pourquoi. Ce n'était pas à proprement parler le diable mais un jeune commis en blouse grise qui lui ressemblait un peu. Il était haut, large, avec une trogne sardonique. Il avait même les sabots! En somme, il ne lui manquait que d'être cornu.

« On ne veut pas de toi à Amesbury, sale Boche! hurla-t-il à Herman. Ni toi ni personne de ta race! »

Indy s'approcha.

« Je ne l'ai pas provoqué, je te le jure, lui dit Herman. J'ai demandé pour une guinée de caramels mous et ce grand type... »

Sans cesser d'écouter Herman, Indy surveillait l'Anglais du coin de l'œil. Il eut raison.

« Baisse-toi ! » commanda-t-il soudain.

Le jeune garçon obéit juste à temps : l'Anglais venait d'ouvrir les hostilités... Son gros poing frôla en même temps le pompon de la casquette d'Herman et la pointe du menton d'Indy. Comme il perdait l'équilibre, Indy en profita pour le saisir par le poignet et lui tordre le bras dans le dos. L'Anglais grogna, mais de surprise plus que de douleur. Emporté par son élan, il tomba. Indy l'immobilisa face contre terre. L'autre essaya de se retourner mais en vain. La prise d'Indy était solide.

« Je vais te donner un conseil d'ami, souffla-t-il à l'oreille de son prisonnier. Ne nous embête plus, même si Reggie Pengrave te le demande. Sinon, il t'en cuira.

— Le jeune M. Pengrave va vous apprendre... » commença l'Anglais.

Mais Indy le fit taire en lui faisant mordre un peu de poussière. C'était tout ce qu'il voulait savoir : il y avait du Reggie derrière tout ça!

« Fiche le camp! dit-il à l'Anglais en le lâchant. Et ne retombe jamais entre mes mains, sinon tu ne t'en tireras pas à si bon compte! »

Une fois relevé, l'Anglais aurait été de taille à reprendre la bataille, même à deux contre un, mais, sans doute impressionné par la fermeté de ton d'Indy, il fila au triple galop.

« Maintenant, déguerpissons! conseilla Indy. Dans cinq minutes, cette brute va revenir avec des renforts. »

Ils sautèrent sur leurs vélos et partirent à toute vitesse en direction du salut. Indy fermait la marche, un peu déçu de devoir renoncer à son enquête. Mais il ne pouvait tout de même pas attendre qu'on revienne les massacrer!

Herman aussi était triste : il repartait

bredouille... sans sa provision de bonbons.

Sur le chemin du retour, ce fut comme à l'aller : il ne se passa rien. Bientôt ils furent en vue de la maison. Encore quelques centaines de mètres et les deux amis seraient en sûreté. Mais soudain, les bosquets au bord de la route frémirent, et une volée de pierres en jaillit. Indy ne prit pas le temps d'admirer le paysage, mais il eut l'impression d'un grand nombre d'assaillants, peut-être une douzaine. Certains avaient des frondes...

Un caillou atteignit Herman dans le bas du dos, lui arrachant un cri de douleur. Le jeune garçon fit un écart, faillit mettre pied à terre.

« Ne t'arrête surtout pas! lui cria Indy. Nous nous ferions écharper! »

A son tour, il fut touché, deux fois, presque en même temps, l'une à l'épaule, l'autre au coude. Mais il se contenta de serrer les dents, pédalant de plus belle.

A présent, ils étaient presque hors d'atteinte... sauf de ceux qui avaient des frondes. Herman commençait à se croire sauvé lorsqu'il reçut une pierre en plein milieu du dos. Il beugla. Sa casquette tomba. Mais il eut l'intelligence de ne pas s'arrêter pour la ramasser.

Ils franchirent enfin les limites du parc, qu'ils traversèrent en trombe. Arrivés devant le perron, ils sautèrent de vélos et s'engouffrèrent dans la maison.

« Ouf, sauvés ! » balbutia Herman.

Il étouffait et semblait ne plus tenir sur ses jambes.

« Allons, Herman, il ne faut rien dramatiser ! s'exclama Indy. Ils ont lancé des centaines de pierres et n'ont fait mouche que quatre fois. Ces gars-là ne vaudraient pas grand-chose au base-ball ! »

Indy avait l'air si peu bouleversé qu'Herman en perdit le peu de souffle qui lui restait.

« A t'entendre, on croirait que nous rentrons d'une partie de plaisir ! s'exclama-t-il.

— Non, je n'en dirais pas tant ! protesta Indy. J'avoue que de temps à autre, un peu d'animation n'est pas pour me déplaire. Mais là, il y en avait quand même un peu trop ! » conclut-il.

En milieu d'après-midi, M. Mueller et le professeur Jones revinrent de leur expédition. Ils n'avaient pas été plus chanceux qu'Herman avec ses sucreries ou Indy avec ses renseignements. Eux aussi rentraient bredouilles.

« Personne ne veut travailler pour moi, dit M. Mueller. Mais je rapporte du moins ceci. »

C'était un sapin.

« Notre arbre de Noël, annonça-t-il. C'est une vieille tradition allemande, vous savez ? Aucun peuple n'en est aussi friand que nous. »

Ce sapin paraissait peut-être de taille moyenne dans sa forêt natale, mais là au milieu du salon, il avait l'air immense. Les deux adultes retrouvèrent leur âme d'enfant pour le décorer. Absorbés par des préoccupations plus sérieuses, les deux garçons les regardaient faire distraitement.

De temps à autre, en cachette, Indy se massait le coude et Herman le bas du dos. D'un commun accord, ils avaient décidé de ne pas parler à leurs pères de l'averse de cailloux sous laquelle ils avaient été pris. Il n'était pas question de les inquiéter.

« Nous avons mal choisi notre moment pour venir à Stonehenge, fit soudain remarquer Indy. Enfin, si nous avions eu envie d'assister à la cérémonie qu'organisent les pseudo-druides pendant la nuit de la Saint-Jean. Nous sommes à la veille du solstice d'hiver, le jour le plus court de l'année... On ne peut pas être plus éloigné du solstice d'été !

— Nous nous en consolerons, répondit M. Mueller. Ce doit être une pantalonnade ridicule ! En revanche, il y a une chorale enfantine qui donne un récital, ce soir, à l'église d'Amesbury. Les Anglais raffolent de chants de Noël... C'est un spectacle que je recommande chaudement. J'ai donné congé aux domestiques pour qu'ils puissent y assister. Le professeur et moi-même avons l'intention d'y aller. Cela vous tente-t-il de nous accompagner, les garçons ?

— D'accord, s'il y a des rafraîchissements et du cake », répondit Herman en se léchant les babines.

Indy aussi acquiesça. Mais ses raisons n'avaient rien à voir avec la mélomanie ou la gourmandise. C'était pour lui une chance d'approcher d'anciens ouvriers de M. Mueller et de les faire parler. Ou d'apercevoir les Pengrave...

Mais lorsqu'il entra dans l'église, ce soir-là, il fut déçu. Il y avait beaucoup de chanteurs et presque pas un chat pour les écouter. En tout cas, aucun chat connu. Un homme roux aux favoris de marin, qui se vantait d'avoir assisté à cette cérémonie plus de cent fois, dit qu'il n'avait jamais vu si peu de monde.

Vers dix heures, les Jones et les Mueller rentrèrent à la maison. M. Mueller fredonnait « Mon beau sapin, roi des forêts... » Ils n'avaient finalement pas passé une mauvaise soirée, bien qu'elle eût fini plus tôt que prévu, les choristes s'étant lassés de chanter pour des chaises vides.

C'était donc une journée mal commencée qui s'achevait paisiblement.

Du moins le pensaient-ils tous dans l'auto... Mais c'était trop vite se réjouir!

Au moment où M. Mueller rangeait la voiture devant le perron, un cri résonna dans la maison :

« Sauve qui peut! »

Surgissant d'une fenêtre de la façade, une procession d'ombres s'élança vers les limites du parc. Il faisait trop sombre pour distinguer les visages, mais Indy fut certain d'une chose : c'étaient des jeunes gens, et non pas des hommes.

Ils avaient une telle avance qu'il était inutile de les poursuivre. M. Mueller se hâta vers la porte d'entrée et l'ouvrit.

« Ah! les vandales! » s'écria-t-il.

Par-dessus son épaule, le professeur Jones et les garçons jetèrent un coup d'œil à l'intérieur.

Ce qu'ils virent les horrifia.

C'était un véritable capharnaüm :

meubles renversés, tiroirs retournés, pots de fleurs et bibelots bousculés...

« On dirait qu'une tornade est passée par là ! murmura Herman.

— Ou un éléphant avec une rage de dents ! » renchérit le professeur Jones.

Sur un grand miroir, en lettres rouges, une main hâtive avait tracé un message menaçant :

« DEHORS LES AMERLOQUES ! OUSTE LES BOCHES ! »

L'écriture était un peu scolaire, et très différente de la fois précédente. Point n'était besoin d'être un graphologue émérite pour s'en apercevoir.

Saisissant Herman par le bras, Indy lui murmura à l'oreille :

« On dirait bien qu'un certain Reggie Pengrave nous a rendu visite... »

5

Les druides noirs

Les deux garçons n'avaient pas encore ôté leurs vêtements chauds.

« Euh, papa, bredouilla Indy. Nous sortons voir si, euh, il n'y aurait pas quelques indices à glaner dans le parc...

— D'accord », répondit machinalement le professeur Jones.

Comme d'habitude, il ne prêtait pas vraiment attention à ce qu'on lui disait. Mais, à cet instant, cela arrangeait parfaitement Indy, lequel préférait ne pas avoir à s'expliquer ! Les parents distraits sont la providence des enfants turbulents.

« Quel genre d'indices ? demanda Herman, dès qu'ils furent sortis. Et d'abord, comment sais-tu que c'est Reggie Pengrave qui a fait le coup?

— Mais c'est élémentaire, mon cher Mueller, répondit Indy en prenant l'air hautain de Sherlock Holmes obligé d'expliquer au docteur Watson pourquoi deux et deux font quatre. Figure-toi que j'ai remarqué sur le double-rideau, près de la fenêtre par laquelle tout ce joli monde est sorti, un certain pli qui ne peut avoir été causé que par une épaule. Il est trop haut pour avoir été fait par le majordome, toi ou moi, et trop bas pour ton père ou le mien. Mais il est juste à la bonne hauteur pour quelqu'un de la corpulence de Reggie. D'autre part, j'ai remarqué sur le tapis un fil bleu qui est exactement du même coton et de la même couleur que la casquette que porte habituellement Reggie Pengrave. Or, pour avoir *à la fois* exactement la même stature et la même casquette que Reggie Pengrave, je ne vois guère qu'une seule personne : Reggie Pengrave lui-même. »

Indy ponctua sa tirade d'un clin d'œil. Alors Herman, qui avait suivi son raisonnement avec des yeux éberlués, eut des doutes.

« Tu plaisantais ? demanda-t-il timidement.

— Evidemment ! répondit Indy.

— Mais alors, pourquoi penses-tu que c'est Reggie ?

— Parce que tout l'accuse, pardi ! et que le plus souvent, dans un crime, il n'y a pas besoin de chercher midi à quatorze heures : le coupable, c'est celui que tout accuse. Et puis : " Dehors, les Amerloques ! Ouste, les Boches ! ", ça ne te rappelle rien ?

— Oui, bien sûr. »

Herman se souvenait que tous leurs malheurs à Charenton Academy avaient commencé avec ce cri.

« Bon, maintenant que nous savons qui a saccagé la maison, que faisons-nous ? demanda-t-il.

— J'ai envie d'aller faire un tour du côté du manoir des Pengrave, proposa Indy. Il se pourrait que nous y apprenions des choses intéressantes. »

Aussitôt dit, aussitôt fait : ils reprirent leurs vélos et se mirent en route.

« Attends que nous soyons sortis du parc pour allumer ta lanterne », recommanda Indy.

Et tandis qu'ils pédalaient dans le noir, Indy essaya de se souvenir de la carte de la région qu'ils avaient examinée à tout hasard dans l'après-midi. Remarquant au passage l'emplacement du manoir des Pengrave, il l'avait gravé dans sa mémoire. En tournant à droite au prochain carrefour, ils y seraient en moins de dix minutes...

Les routes de campagne, à cette heure, étaient idéales, c'est-à-dire plates, ce qui convenait à leurs mollets fatigués... et désertes, ce qui tombait bien puisque leur entreprise était clandestine.

Enfin, ils arrivèrent aux abords d'une propriété ceinturée par un haut mur qui ne pouvait être que le manoir du seigneur de cette contrée.

« Et maintenant, que faisons-nous ? s'inquiéta Herman.

— Nous entrons, dit Indy.

— Oh non! fit Herman, qui n'avait jamais confondu courage avec témérité.

— Oh oui! rétorqua Indy. Reggie n'a pas craint de s'inviter chez nous avec ses amis. A notre tour! Nous nous invitons chez lui.

— J'appelle cela de la violation de domicile, protesta Herman.

— J'appelle cela un échange de bons procédés », rectifia Indy.

Herman protesta encore : le mur était trop haut pour lui! Indy lui répondit qu'ils allaient faire le tour de la propriété et que ce serait bien le diable s'ils ne trouvaient pas un arbre d'humeur secourable dont les branches seraient disposées à leur faire la courte échelle.

L'ayant cherché, ils le trouvèrent, exactement comme Indy l'avait prédit : un robuste orme anglais, adossé au mur, avec des branches en espalier qu'il suffisait d'escalader pour se retrouver sur le mur.

De l'autre côté, le parc était loin d'être solitaire et glacé comme les deux intrépides auraient pu s'y attendre : il y avait des gens et il y avait des torches.

Le spectacle était si invraisemblable que les deux garçons crurent d'abord rêver. Tous ces gens avaient d'étranges silhouettes, floues, fantomatiques. Indy comprit rapidement pourquoi : ils portaient de longues robes noires, leurs têtes disparaissant sous de grandes capuches.

En procession, les robes noires marchèrent jusqu'au milieu du parc où elles se répartirent en cercle, sauf une, qui prit place au centre. Indy et Herman, couchés sur le sommet du mur, n'en perdaient pas une miette.

Celui qui était au milieu des autres ôta sa capuche et leva les bras vers la lune.

C'était un homme aux sourcils diaboliques, avec des cheveux noirs et des yeux très lumineux, d'un jaune sale. Ce regard, à la fois étincelant et froid, Indy était sûr de le connaître. Il se demanda où il l'avait déjà vu et soudain se souvint. C'était celui qui l'avait observé par la fenêtre de la vieille auberge, *A la pierre druidale...*

« Frères ! lança l'homme d'une voix claironnante. La grande nuit est proche, la nuit sacrée pour notre confrérie : le solstice d'hiver ! Que les druides blancs continuent de célébrer leur culte inepte si bon leur semble ! Qu'ils cueillent leur gui, tout à loisir, et leurs petites herbes à tisane ! Qu'ils guettent en tremblant le lever du soleil à la Saint-Jean ! Ce sont des ânes ! Ils servent les dieux qui peuplent le ciel et qui sont faibles. Nous, nous sommes les serviteurs des dieux qui hantent les entrailles de la terre et dont le pouvoir est infini. Nous sommes les druides noirs. Nous annonçons la victoire des ténèbres sur la lumière, de la nuit sur le jour ! »

Les fidèles de ce culte étrange murmurèrent des choses indistinctes sous leurs capuches.

« Brrr ! fit Herman.

— Pour un peu, il me ferait peur, à moi aussi, murmura Indy.

— Comment, ça ne t'impressionne pas ? s'étonna Herman à mi-voix.

— Tu veux rire ? répondit Indy. J'ai

déjà entendu ce genre de baragouin si souvent que ça me donne plutôt envie de bâiller. Décidément, les exaltés de ce genre n'ont pas beaucoup d'imagination ! Victoire de la nuit sur le jour par-ci, victoire des ténèbres sur la lumière par-là, pouah ! avec eux, c'est toujours la même rengaine... »

Pendant ce temps, le chef des druides noirs continuait sa harangue.

« L'Allemand et ses ouvriers ont profané notre sanctuaire, hurlait-il. Ils ont dérangé nos rites secrets. Mais maintenant, ils sont partis. Maintenant, Stonehenge est de nouveau à nous ! »

Tourné vers quelqu'un en particulier, il continua :

« Approche-toi, mon frère ! Viens recevoir ma bénédiction en récompense de tes efforts pour chasser ces intrus. »

L'autre s'approcha en ôtant sa capuche. Son visage rougeaud et bouffi de grand buveur de whisky rayonnait de fierté. Indy ne connaissait pas cet homme. Mais avec ses cheveux d'un blond filasse et son nez en bec d'aigle, ce

ne pouvait être que le père de Reggie Pengrave.

« Maître, dit Lord Pengrave avec son accent d'ancien étudiant d'Oxford, je n'ai fait que jeter une pierre dans une fenêtre. Mes efforts pour notre confrérie sont faibles en comparaison des vôtres. »

Il s'inclina. Le maître agita les bras, dessinant des arabesques dans les airs. Ce devait être sa façon de bénir. Ainsi paré, Lord Pengrave se redressa.

« Frères, reprit-il en se tournant vers les autres membres de la secte, notre maître détient la clé des pouvoirs qui sont dans Stonehenge. Il a chauffé à blanc la pierre qui a brûlé la main de l'ouvrier. »

Le maître prit l'air modeste, comme s'il s'agissait d'une chose toute simple.

« Je n'ai fait que réveiller la force qui dort dans ces pierres depuis dix mille ans ! » lança-t-il avec grandiloquence.

« Dix mille ans ! Quelle blague ! s'exclama Indy. D'après mon père, Stonehenge n'en a pas plus de trois mille cinq cents... à tout casser.

— Mon père dit quatre mille cinq cents, répondit Herman.

— Crois-tu que ce soit le moment d'en discuter ? » murmura Indy.

Ils virent le maître des druides noirs lever les bras au-dessus de sa tête.

« Notre chef commande aux fantômes, reprit Lord Pengrave.

— Ce sont les fantômes des druides noirs massacrés par Jules César, expliqua le maître. Il les a torturés pour leur faire livrer leurs secrets mais ils n'ont pas desserré les lèvres. *A moi*, ils sont apparus et me les ont confiés, parce que je suis leur frère.

— Notre chef fait saigner les pierres, dit encore Lord Pengrave.

— Les pierres sont comme les hommes, elles ont des veines gorgées de sang, proclama solennellement le maître. Mais ce sang est gelé. Seul, celui qui a étudié les mystères, réchauffe le sang des pierres comme les jeunes filles celui des vieillards. Mes frères ! Je vous les enseignerai, ces mystères qui feront de vous les maîtres des quatre éléments. Comme moi, vous commanderez à la terre, à l'eau, à l'air... »

Il fit une pause.

«... Et au feu!» acheva-t-il d'une voix grondante comme le tonnerre.

Alors, les bras levés au-dessus de sa tête, devant l'assistance médusée, il fit jaillir de ses paumes deux langues de feu.

La branche la plus basse du sapin le plus proche grésilla.

A côté de lui, Indy entendit un drôle de bruit : c'était Herman qui avait failli tomber.

Les membres de la secte poussaient des oh! et des ah!

L'un psalmodia :

« Le pouvoir, le pouvoir... »

Un autre s'écria :

« La terre sera bientôt à nous! »

Le maître les fit taire d'un geste.

«Je suis très satisfait du frère Pengrave, dit-il dès que le silence fut revenu, et je vous annonce que je l'élève, ce soir, au rang de deogbaire de première classe. »

A cette nouvelle, un murmure parcourut l'assistance émue. Quant à Lord Pengrave, il se rengorgea tellement qu'on pouvait craindre qu'il explose.

« Je suis sûr qu'il ne serait pas aussi fier si le roi George V le faisait chevalier de l'ordre de la Jarretière ! ricana Indy.

— Deogbaire, mais qu'est-ce que c'est ? demanda Herman.

— Un grade quelconque dans leur hiérarchie de cinglés », répondit Indy, imperturbable.

Mais le maître des druides noirs reprenait la parole et les deux garçons se turent immédiatement pour l'écouter.

« Demain, mes frères, ce sera la nuit de la grande révélation, proclama-t-il. Eloignez vos serviteurs car aucun étranger ne doit surprendre nos préparatifs. Nous irons en procession jusqu'à notre sanctuaire sacré. Là, à minuit, le tout-puissant seigneur des ténèbres nous enverra un signe. »

Une fois de plus, il leva les bras et se mit à chanter, dans une langue qu'Indy, qui avait pourtant beaucoup voyagé, n'avait encore jamais entendue nulle part. Les membres de la secte reprirent en chœur. Ensuite, toujours chantant leur drôle de cantique, à la file indienne, le maître ouvrant la marche, ils repartirent vers le manoir.

Indy aurait voulu se laisser glisser dans le parc pour voir le reste. Mais Herman le retint.

« Es-tu fou ? lui souffla-t-il. Ce type est capable de lancer des flammes ! »

A contrecœur, ce fut Indy qui suivit Herman, puisque Herman refusait de le suivre. Ils redescendirent par où ils étaient montés et reprirent leurs bicyclettes.

Pour commencer, ils pédalèrent comme des fous, pressés de mettre le plus de distance possible entre eux et le maudit manoir. Toutefois, pendant le dernier kilomètre, ils s'autorisèrent à souffler et discutèrent de ce qu'ils avaient vu.

« Quand même, médita Herman à haute voix, ce type qui lance des flammes, ce n'est pas banal.

— C'est même très impressionnant,

reconnut Indy. Mais il n'y a pas de quoi changer de religion pour autant, ajouta-t-il d'une voix forte, comme s'il cherchait à s'en convaincre.

— Ça, d'accord, approuva Herman. Je me rappelle avoir vu, il y a quelques années, dans un music-hall de Berlin, un prestidigitateur qui faisait exactement la même chose. Si je me souviens bien, il se faisait appeler le grand Bellérophon ou quelque chose comme ça.

— Mais toutes ces bizarreries qui se sont passées à Stonehenge ? reprit Indy. Ça, c'est vraiment fort !

— Rien qu'un bon illusionniste ne réussisse facilement ! répliqua Herman. Les fantômes, depuis la nuit des temps, il y a des gens qui prétendent en avoir vu. Mais on n'en a encore jamais attrapé un pour l'exhiber dans un zoo.

— Oui, et les pierres qui saignent, c'est un tour pour impressionner les naïfs que pratiquaient déjà les prêtres égyptiens, il y a quatre mille ans ! rappela Indy.

— Et tous ces messieurs sérieux qui

courent après ce charlatan! s'exclama Herman. C'est d'un comique!

— Tout à fait irrésistible», conclut Indy.

Sur ce, ils s'esclaffèrent. Ce qui leur fit le plus grand bien! Car après une soirée fertile en émotions, il n'y a rien de tel qu'une bonne dose d'hilarité pour vous remettre les idées en place.

Enfin, ils reprirent leur sérieux, car approchant de la maison, ils ne voulaient pas risquer de réveiller leurs pères. Après avoir rangé leurs vélos, ils se glissèrent jusqu'à leur chambre, en cachette et sans bruit. Chanceux, ils ne croisèrent personne. Toujours autant d'explications en moins à donner!

Indy se sentait mûr pour une bonne nuit de sommeil. Il se laissa tomber tout habillé sur son grand lit de plumes et ferma les yeux.

Mais, pour Herman, la journée n'était pas encore tout à fait terminée.

«Indy, tu dors? appela-t-il.

— Nrmmmm, grogna Indy.

— Excuse-moi, mais je viens d'avoir une idée.

— Ça ne peut pas attendre demain ? murmura Indy d'une voix pâteuse.

— C'est à propos de Reggie.

— Ouais ?

— Je vais lui jouer un tour à ma façon. »

A entendre la voix d'Herman, on comprenait que ce serait un *mauvais* tour !

« Je vais lui faire un cadeau de Noël qu'il n'oubliera pas de sitôt, continua Herman. Je sais fabriquer des bombes fumigènes, tu vois ? Et pour celle-là, je te jure que je vais m'appliquer. Ensuite, je l'envelopperai dans un beau papier et le tour sera joué.

— Crois-tu vraiment que Reggie acceptera un cadeau de toi sans méfiance ? s'étonna Indy, cette fois un peu mieux réveillé.

— Je ne vais pas le lui remettre en main propre, expliqua Herman. Je le déposerai bien gentiment chez lui au pied du sapin. Nous savons que le manoir des Pengrave sera vide demain soir...

— Demain soir, nous avons mieux à faire, objecta Indy.

— Quoi ?

— Je propose que nous allions faire un tour du côté de Stonehenge pour voir ce que ces druides noirs manigancent.

— Toi, vas-y si tu veux, répondit Herman. Moi, je m'occuperai de Reggie.

— Dors ! » conclut Indy.

La nuit portant conseil, il espérait qu'au réveil, Herman aurait renoncé à sa mauvaise idée.

Mais le lendemain matin, Herman était toujours aussi déterminé.

« En route ! dit-il à Indy aussitôt après le petit déjeuner. J'ai des courses à faire. »

Indy suivit docilement. Cela n'aurait servi à rien de refuser d'accompagner Herman à Amesbury, car il était assez têtu pour y aller tout seul. Mais Indy employa le temps du trajet à essayer de le raisonner.

« Je pense que nous ferions mieux d'aider ton père au lieu de perdre du temps avec Reggie Pengrave, argumenta-t-il. Nous savons à présent quels sont ceux qui lui ont causé tous ses ennuis. Démasquons ces pseudo-druides noirs et qu'on en finisse !»

Mais Herman était inflexible.

« Ecoute, répondit-il, ces drôles de zigotos ne voulaient qu'une seule chose : pouvoir faire leurs simagrées en paix le jour du solstice d'hiver. Or, c'est demain. Après cela, ils n'auront plus aucune raison d'éloigner mon père de Stonehenge et le problème se sera résolu tout seul. Mais Reggie Pengrave, conclut-il en ricanant méchamment, c'est une tout autre histoire... »

Ils allèrent aux quatre coins d'Amesbury, Herman faisant des emplettes, Indy servant de garde du corps.

Herman acheta dans une droguerie certaines poudres, dans une quincaillerie une boîte à biscuits en fer-blanc joliment décorée, dans une papeterie de quoi faire un joli paquet cadeau.

De retour à la maison, le jeune Allemand passa l'après-midi à préparer sa bombe avec des mimiques de savant fou. Indy, assis dans un coin, l'observait. Il avait presque perdu espoir de le faire renoncer à son projet. Mais il essaya encore.

« Ecoute, Herman, dit-il, Noël, c'est dans quatre jours. Tu trouveras bien une autre occasion de porter son cadeau à Reggie. Tandis que les druides, c'est ce soir ou jamais. Et moi, j'ai envie de savoir ce qu'ils mijotent. Qui sait ? C'est peut-être grave...

— Mais non ! protesta Herman. Ce ne sont que des gogos qui se pavanent en robe noire sous la lune.

— C'est aussi ce que je crois, approuva Indy. Peut-être qu'il n'y aura rien d'autre à voir qu'un banal numéro de music-hall. Peut-être que le soi-disant maître des druides va se contenter de sortir un lapin de son chapeau. Mais s'il y avait autre chose... »

Herman hocha la tête tout en restant muet. Indy eut quand même l'impression d'avoir marqué un point. C'était comme si Herman commençait à hésiter entre son désir de se venger de Reggie et son intérêt pour les faux druides. Alors, Indy lança un nouvel argument.

« Et puis, pour tout t'avouer, dit-il, j'ai un peu peur d'y aller seul. »

Ceci, en apparence, acheva de convaincre Herman.

« C'est bon, répondit-il, je t'accompagnerai donc. Afin qu'il ne soit pas dit que je n'ai pas l'esprit chevaleresque. »

Et Indy, naïf pour une fois, poussa un soupir de soulagement.

Herman acheva néanmoins la préparation de sa bombe, disant qu'elle servirait bien un jour. Et puis il l'enveloppa dans un beau papier où s'ébattaient des pères Noël rouges sur fond de neige blanche.

« Et voilà le travail ! s'exclama-t-il fièrement, lorsqu'il eut achevé de nouer le ruban. A présent, le premier qui ouvrira ce paquet disparaîtra dans un nuage de fumée. »

Peu après le dîner, Indy apprit à ses dépens qu'on est parfois trop prompt à accepter les bonnes nouvelles.

C'était l'heure où ils auraient dû songer à se préparer à partir pour Stonehenge. C'était l'heure où Herman aurait dû être dans la chambre, en train de se choisir des vêtements chauds...

Mais il n'y était pas!

Avant de s'envoler, il avait laissé un mot sur le lit d'Indy.

« *Excuse-moi, mais pour Reggie aussi, c'est ce soir ou jamais,* avait-il écrit. *Le manoir des Pengrave est vide, ce serait trop bête de ne pas en profiter. Attends-moi. J'en ai pour une demi-heure. Ensuite, nous irons ensemble* où tu sais. »

Dieu sait dans quel pétrin Herman était allé se mettre!

Furieux, Indy courut chercher son fouet... et enfonça son chapeau sur sa tête avant d'enfourcher son vélo.

6

La discorde chez l'ennemi

Indiana pédalait furieusement, en grognant entre ses dents : « Ah, l'imbécile, le triple imbécile ! »

Il était difficile de déterminer si le jeune aventurier en avait après Herman, pour avoir persisté dans son sot projet, ou après lui-même, pour avoir cru aussi facilement en détourner son ami.

Cette fois, Indy se rendit au manoir par un chemin moins carrossable. Il coupa carrément à travers champs. Il ne savait pas combien Herman avait d'avance, mais il espérait arriver le premier. Le jeune Allemand, avec sa chance habituelle, allait sûrement se casser une jambe en tentant d'escalader le mur, et se faire prendre...

Le voyage ne dura que quelques minutes, mais en arrivant devant les grilles du parc, Indy était meurtri, moulu et essoufflé. Sa première surprise fut de trouver l'immense portail grand ouvert. Au bout de l'allée, l'imposante bâtisse se dressait comme le château de l'ogre dans les contes de fées. Indy plissa les yeux et inspecta les alentours : le vélo d'Herman n'était nulle part en vue. Etait-il arrivé le premier ?

Il cacha son vélo derrière le plus proche buisson avant de s'approcher sur la pointe des pieds, son fouet à la main. Il trouva la porte de la maison entrebâillée : ce fut sa seconde surprise. Si c'était l'œuvre d'Herman, il n'était pas discret !

Sans ouvrir la porte plus qu'elle ne l'était déjà, Indy se faufila à l'intérieur. Mieux valait ne pas risquer de la faire grincer, au cas où un serviteur attardé serait encore dans la maison.

A pas de loup, il s'avança dans le hall.

Les murs étaient couverts de panneaux de bois sombre; pas de lumière; un courant d'air qui glaçait l'atmosphère. Le palais du comte Dracula ne devait pas être plus sinistre.

Soudain, vers la gauche, retentit un cri étouffé.

« Gott im Himmel! »

Sur la pointe des pieds, Indy s'engagea plus avant. Pour jurer en allemand, ici et à cette heure, il ne pouvait y avoir que son vieil ami Herman.

Entendant un bruit derrière une porte, il l'entrebâilla d'un millimètre. Troisième surprise de la soirée : ce n'était pas Herman au pied d'un sapin de Noël, mais trois hommes devant un coffre-fort. L'un de ces hommes secouait frénétiquement sa main comme lorsqu'on vient de se taper sur les doigts avec un marteau. Il grognait et tempêtait. Sauf *Aïe!*, tout le reste était en allemand.

L'un des deux autres lui souffla de se taire. Il était grand; il avait des sourcils broussailleux, des cheveux noirs, des yeux d'un jaune sale. Indy le reconnut facilement car on ne voyait que lui ces temps-ci : c'était le maître des pseudo-druides !

« Je vous rappelle que nous n'avons pas toute la nuit, sergent Ritter, disait-il. Alors, arrêtez d'agiter votre main comme si vous chassiez les mouches, et ouvrez-moi ce coffre. Le major Nicolaï et le *Grosse Generalstab*[1] exigent de voir les papiers de Lord Pengrave. C'est de la plus haute importance. »

« Le *Grosse Generalstab,* mais c'est le haut commandement allemand ! pensa Indy. Ces types ne sont pas de banals cambrioleurs. Ce sont des espions. En train de voler des secrets d'Etat ! »

Le sergent Ritter agitait toujours sa main.

« Ouvrez-le vous-même d'un coup de baguette magique, monsieur le grand maître ès sciences druidiques, répondit-il sur un ton sarcastique.

— Sergent, vous me manquez de respect, répliqua le faux druide. Ironisez

---

1. *Grosse Generalstab :* Grand quartier général.

encore une fois comme cela avec moi et en rentrant à Berlin je vous fais mettre aux arrêts de rigueur. »

Au lieu d'être effrayé par la menace, le sergent ricana.

« Pouah ! fit-il. Les arrêts de rigueur, la belle affaire ! Depuis que vous m'avez fait courir tout nu dans la lande, badigeonné de phosphore, histoire de flanquer la frousse à quelques prolétaires, rien ne m'étonnera plus de votre part ! »

Estimant sans doute que tant d'insolence méritait un châtiment immédiat, le faux druide leva le poing pour frapper le sergent. Mais le troisième espion intervint :

« Mon lieutenant ! appela-t-il. Je vous en prie, ce n'est pas le moment de nous battre entre nous ! »

Le faux druide ne se fit pas répéter cette sage parole. Aussitôt, il suspendit son geste. Le moment était effectivement mal choisi pour vider une querelle. Mais le sergent, déchaîné, voyait les choses autrement.

« Mon lieutenant ! mon lieutenant !

répéta-t-il en minaudant et pouffant de rire. Excusez-moi, mais je crois que je ne pourrai jamais m'y faire! Que voulez-vous? Je n'arrive pas à oublier qu'il y a seulement six mois de cela, vous vous faisiez appeler Belphégor et gagniez votre vie en sortant des pigeons d'un chapeau claque... »

Indy ne chercha pas à entendre la suite. Il avait appris énormément en très peu de temps! Ayant refermé tout doucement la porte, sur la pointe des pieds, il rebroussa chemin.

« Formidable! songea-t-il. J'essaie gentiment d'épargner des ennuis à mon ami Herman et, au lieu de cela, je tombe en plein cambriolage! Pire : au beau milieu d'un nid d'espions! »

« Maintenant, que faire? se demanda-t-il. Prévenir la police? Le contre-espionnage? Oui, mais d'abord se poster dehors et guetter l'arrivée d'Herman afin qu'il n'aille pas à son tour...

Indy était presque arrivé près de la porte lorsqu'elle s'ouvrit d'un coup avec un affreux couic! Dans l'embrasure, sur fond de clair de lune, se dessina une silhouette courte et trapue.

« Qui va là ? » ne put s'empêcher de demander Herman.

Sa voix était altérée par la peur, mais encore trop sonore pour son bien.

« Chut ! fit Indy.

— Ah, c'est toi ! » s'exclama alors Herman en le reconnaissant.

Cette fois, il avait parlé à pleine voix, comme à la foire ! Evidemment, aussitôt, une porte s'ouvrit quelque part dans la maison et des gens se mirent à galoper dans le couloir. Les espions avaient tout entendu ! Ils rappliquaient !

« Vite, Herman, filons, cria Indy. Il y a des cambrioleurs dans la maison et ils vont nous courser ! »

Mais Herman resta figé. Ses yeux, naturellement agrandis par ses lunettes, s'élargirent encore. Après l'avoir saisi sans ménagement par une manche, Indy entreprit de le traîner dehors.

Le vélo d'Herman était là, contre le mur, pas même caché ! Son cartable était là aussi, sanglé au guidon : ce qui voulait dire qu'il avait oublié d'entrer avec sa bombe. Remarquant le tout au premier coup d'œil, Indy ne put s'empêcher de penser : « Quelle tête de linotte, cet Herman ! »

Le sergent Ritter les rattrapa sur le perron. Il n'était pas bien grand mais robuste et hargneux. Il saisit Herman par un bras et tira. Indy, par l'autre bras, tirait Herman dans l'autre sens. On aurait dit deux carnivores se disputant une carcasse. Mais si l'un avait l'entêtement du bouledogue, l'autre avait la fureur du tigre. Indy n'était pas de taille à rivaliser. « Décidément, il est fort comme un Turc, cet Allemand », songea-t-il. Et il lâcha prise.

Ritter balança sa proie à l'intérieur de la maison avant de se retourner contre Indy qui, à cet instant, eut le réflexe de faire tomber le porte-manteau en travers de la porte.

Le sergent, surpris, s'immobilisa à la seconde, ce qui donna à Indy le temps de faire claquer son fouet.

Mais il n'était plus temps de flâner !

Quand tout espoir de lutte est vain, il ne reste que l'esquive et la fuite. Sans attendre et tout en enroulant son fouet autour de l'épaule, Indy courut vers le vélo d'Herman, l'enjamba, et démarra dans une gerbe de petits graviers... Ritter le poursuivit pendant une cinquantaine de mètres, mais par bonheur, meilleure bête de trait que de course, il ne put le rattraper.

Arrivé à la grille du parc, Indy hésita : de quel côté aller ? S'il espérait trouver de l'aide, le mieux était de partir vers Amesbury.

Il pédalait maintenant comme un forcené, suait comme un bœuf, haletait comme un soufflet de forge, et s'il ne filait pas comme l'éclair, hélas ! il allait malgré tout bon train...

D'autant plus qu'il faisait un temps de décembre : il faisait très froid et ventait fort...

Les doigts gelés, Indy avait beaucoup de mal à tenir le guidon. Heureusement, par compensation, le vent le poussait dans le dos. Il se crut sauvé.

Quand tout à coup, derrière lui, il entendit les mugissements d'un moteur. Il se retourna à temps pour voir une grosse voiture surgir du parc. Il reconnut même la marque : une Benz.

La voiture tournant sur la route, Indiana se retrouva pris dans le faisceau des phares. Le cœur lui manqua. Comment pouvait-il espérer semer cette merveille de mécanique germanique, avec ses cent chevaux-vapeur sous le capot, lui qui n'avait que la force de ses deux mollets à lui opposer ?

Deux mollets et pas un de plus, certes. Mais heureusement de l'astuce à revendre... et une bicyclette pouvant se faufiler dans des coins où une voiture ne passerait jamais !

La solution, c'était de quitter la route. Mais, pour le moment, elle était longée, des deux côtés, par des haies. Indy poussa sur les pédales de toutes ses forces. La Benz se rapprochait, ses phares lui éclairaient la route. Merci, messieurs, car dans cette lumière il aper-

çut brusquement un trou dans une haie, juste assez large pour s'y glisser.

Il s'y glissa.

« Ah, ah! le tour est joué, pensa-t-il. L'auto ne pourra jamais passer par là. »

Il déboucha dans un verger. Allait-il pouvoir enfin souffler un peu? Que nenni! La Benz ne ralentit même pas. Elle passa en force à travers la haie.

La traque recommençait de plus belle.

« Wo ist... ? » s'écria une voix derrière Indy.

Cela voulait dire qu'à travers le rideau de neige, les Allemands l'avaient perdu de vue. Il y avait donc encore de l'espoir.

Soudain, la voix du faux druide retentit :

« Il est là, crétins! Nous le tenons! »

La Benz rugit, Indy soupira; la Benz accéléra, mais pas Indy qui souffrait déjà trop des jambes.

Autour de lui, l'air glacé se mit à scintiller. C'était les phares des Allemands qui l'illuminaient. Les espions gagnaient donc du terrain.

Le sol sous les roues du vélo devint

bosselé de pierres ou de taupinières. C'était une véritable lutte que menait Indy pour ne pas tomber, alors, prendre de la vitesse lui était impossible. Derrière lui, il entendit des jurons en allemand, signe que la Benz n'aimait pas non plus les bosses. C'était toujours une consolation!

Indy étouffait, son visage était brûlant malgré le froid. La douleur dans ses jambes s'était transformée en supplice, le supplice en géhenne infernale. Il commençait à se croire perdu.

A ce moment-là, dans son dos, retentit un vacarme de tôles froissées, des cris et une bordée de mots grossiers en allemand. Il regarda par-dessus son épaule : la Benz était renversée dans un fossé!

Dire qu'à la seconde d'avant, il désespérait! Maintenant, il était hors d'atteinte!

Il y avait de quoi éclater de rire et il ne s'en priva pas.

« Ha, ha! Plus c'est lourd, et plus ça fait de bruit quand ça tombe! »

La vue de la voiture accidentée l'avait

comme par miracle guéri de tous ses maux. Il trouva un second souffle. Ses jambes cessant de le tourmenter, le jeune aventurier se remit à pédaler bon train.

« Bon, maintenant, songeait-il, rejoindre une route, trouver un hameau, chercher de l'aide... »

Et, la chance aidant, c'est ce qu'il aurait fait.

Mais soudain, le sol se déroba sous ses roues. Et il tomba avec son vélo dans un puits de ténèbres.

7

L'aiguille creuse

Indy toucha le fond avant d'avoir eu le temps de pousser un cri. C'était de l'argile détrempée, qui amortit sa chute. Il s'ausculta : pas de plaie nulle part, ni bosse, ni fracture. Il s'en tirait bien.

On ne pouvait malheureusement pas en dire autant du vélo : il gisait sur le flanc comme une bête à l'agonie, fourche cassée, roues tordues.

Indy chercha à se repérer dans l'obscurité. Juste au-dessus de sa tête béait le trou par où il était tombé. Il se découpait à peine sur le ciel gris de neige.

Les parois du puits étaient lisses. Ressortir par-là était impossible. Indy essaya néanmoins.

Il n'avait prise nulle part. Quand sa main rencontrait malgré tout une aspérité, elle était toute glissante de glace. Après la quatrième chute, il dut renoncer. Ce n'était pas le moment de se casser une jambe!

Où était-il? A première vue, au milieu d'une espèce de galerie de mine. Il se dit qu'il n'y avait qu'à la suivre, qu'elle devait bien déboucher quelque part.

Avant de se mettre en marche d'un côté, Indy récupéra son fouet et le cartable d'Herman toujours accroché au guidon du vélo. Il en fit l'inventaire : à part la bombe fumigène, c'était plein de choses utiles! Du chocolat, un tournevis, une boussole, un sifflet... et un providentiel briquet à mèche d'amadou. Gardant le briquet à la main, il passa le cartable autour de ses épaules et s'avança dans la galerie.

A peine avait-il fait quelques pas qu'il rencontra un éboulement. Il lui fallut faire demi-tour et partir dans l'autre sens. Loin du trou d'où tombait la lumière des étoiles, l'obscurité s'épaissit vite. Indy continua de progresser à la lueur du briquet.

Il marcha longtemps. L'air était sec, chaud et poussiéreux. Il respirait à grand-peine. L'inquiétude le gagnait. Et sans cesse il se demandait ce que faisait là ce souterrain.

Enfin, la galerie s'élargit en une vaste caverne dont le jeune garçon fit l'inspection à la lueur vacillante de son briquet. Elle était vide et nue, lui sembla-t-il d'abord.

Soudain son cœur se mit à battre un peu plus fort, car il venait d'apercevoir quelque chose qui pouvait bien signifier sa délivrance : un escalier, taillé à même le roc, montant vers Dieu sait quoi.

A pas comptés, Indy grimpa. Mais, au-dessus de sa tête, aucune lumière ne perçait d'aucune issue. Arrivé à la dernière marche, il se retrouva entouré d'une paroi rocheuse bleutée. Cette cheminée s'achevait en cul-de-sac. Bizarre!

Indy allait redescendre lorsqu'il remarqua une tache noirâtre. Il y mit le doigt : cela ressemblait à du noir de fumée. La trace n'était pas ancienne. Saisi d'un étrange soupçon, il replia son index et frappa contre la paroi. Ça sonnait creux... De plus en plus bizarre !

Sans bien savoir ce qu'il cherchait à démontrer, il prit dans le sac d'Herman le tournevis et commença à gratter la roche. Elle était dure mais pas épaisse. En peu de temps, il l'eut transpercée.

Cela fait, il agrandit le trou à la dimension d'une pièce d'un demi-shilling et jeta un coup d'œil.

De l'autre côté s'étendait une plaine dont l'herbe rare balancée par le vent tournait à l'ocre dans le clair de lune. Au premier plan, une colonne noire, massive, usée, trônait.

Alors, Indy comprit où il était.

Stonehenge !

A moins de beaucoup de mauvaise foi, Indy devait bien se rendre à l'évidence : un des mégalithes de Stonehenge était creux et, en ce moment même, il était dedans!

Et soudain, tout devint clair à ses yeux.

Il y avait gros à parier que la pierre qui avait brûlé la main de l'ouvrier était celle-là. Le faux druide n'avait eu qu'à s'y glisser et la chauffer à blanc avec une torche — d'où les traces de noir de fumée.

Ce devait être celle-là aussi, la pierre qui avait saigné. Poreuse comme elle était, il suffisait de mettre un peu de sang dans un tube et de le pousser avec une pompe à vélo pour qu'il ressorte de l'autre côté!

C'était la seule explication.

Oui, mais le faux druide n'avait quand même pas évidé lui-même le mégalithe!

« Tout ce travail pour une simple supercherie? » se demanda Indy.

« Bien sûr que non! se répondit-il après un instant de réflexion. Le mégalithe devait être comme ça de toute éternité : un truc des prêtres de l'ancien temps, qui s'en servaient pour berner le bon peuple. Ils se glissaient dedans, prenaient une grosse voix pour proclamer ce qui les arrangeait et le faisaient passer pour la parole d'un dieu afin que nul n'ait envie d'en discuter! Vieille recette! L'espion allemand n'avait fait que retrouver le passage secret et le faire fonctionner pour son propre compte, voilà tout. »

Indy en était là de son raisonnement lorsque la conversation qu'il avait surprise dans le manoir des Pengrave lui revint en mémoire. Et les dernières pièces du puzzle s'assemblèrent comme par enchantement dans sa tête.

Les fantômes que les ouvriers prétendaient avoir vus s'expliquaient : c'était le sergent Ritter! Ne l'avait-il pas dit lui-même? Ah, il ne devait pas être triste à voir, tout nu dans le crépuscule, barbouillé au phosphore, le brave sergent!

Et les langues de feu sortant de la main du pseudo-druide s'expliquaient aussi : prestidigitation! Certes, le numéro était de premier ordre, mais ce n'était que cela : un joli numéro! Celui-là même qu'Herman avait vu sur la scène d'un music-hall de Berlin. Oui, *exactement* le même ! Car le grand Belphégor, comme avait dit Ritter, et celui qu'Herman avait appelé Bellérophon-ou-quelque-chose-comme-ça étaient évidemment le même homme !

Toute l'histoire se résumait donc à cela : un illusionniste recruté par des espions pour duper des naïfs. Indy n'était même pas surpris. Il connaissait l'imagination des espions. Mais il était déçu. Car il aurait mieux aimé devoir se mesurer à un *vrai* sorcier.

Si le mystère était résolu, Indy avait encore beaucoup de choses à faire avant d'aller se coucher.

Il restait à délivrer Herman et faire échouer le complot des espions.

Mais d'abord, sortir d'ici !

Et pour cela, le temps pressait : la flamme du briquet était son salut, et il ne pouvait pas savoir combien de temps encore brûlerait cette petite lueur.

Avec des précautions de chat, il descendit à reculons le long du raide escalier et se retrouva dans les entrailles de la terre.

A l'opposé de la galerie par laquelle il était arrivé dans la caverne, une autre galerie en partait, qu'il n'avait pas vue tout à l'heure. Il s'y engagea. Le faux druide était forcément venu par là pour faire ses facéties, puisque le côté d'où il arrivait était bouché par un éboulement. Indy retrouvait le moral : à moins de tomber sur un labyrinthe, il était sûr de trouver bientôt l'endroit par lequel l'autre était entré... et de sortir par le même chemin.

Il marcha. Par moments, le plafond de la galerie était si bas qu'il fallait se pencher. La progression était pénible. Il faisait chaud, l'air confiné était suffocant. Indy haletait, suait à grosses gouttes. Son pas se faisait lourd.

Enfin, au bout d'interminables minutes, alors qu'il espérait voir son courage récompensé, il arriva devant un cul-de-sac. Son cœur flancha. Pas d'issue de ce côté-là non plus! Il se voyait déjà enterré vivant.

Mais c'était impossible! Il fallait bien

que Belphégor fût entré par quelque part!

En désespoir de cause, il poussa sur la paroi qui lui barrait le chemin. Rien!

Alors, l'idée lui vint que la sortie était peut-être au-dessus de sa tête, rebouchée pour la garder secrète. A bout de bras, il tâtonna. Le plafond se souleva. C'était une pierre plate, qu'il fit glisser. Aussitôt, la lumière du clair de lune tomba en averse sur lui et l'air frais de la nuit s'engouffra dans ses poumons. Il avait trouvé la sortie!

Sans grand-peine, il se hissa dehors. Stonehenge était là, non loin.

Indy regarda, écouta. Le vent portait jusqu'à lui les échos d'un chant lancinant et lugubre. Des torches scintillaient. Dans leur clarté, se distinguaient des robes noires et des capuches. Elles formaient un cercle autour d'une haute silhouette aux yeux jaune sale.

Belphégor avait rejeté sa capuche en arrière. Il brandissait un instrument qui brillait d'un feu étrange dans la lueur des torches.

« Frères! s'écria-t-il. Voici la faucille d'or, l'outil sacré des anciens druides! L'outil des sacrifices divins! Tout à l'heure, lorsque le premier rayon de l'aube frappera cette colonne, continua-t-il en désignant le menhir en face de lui, le rite secret commencera. Et nous le célébrerons dans la plus pure tradition... Avec un sacrifice. »

Le faux druide montra du doigt une forme étalée à ses pieds. A cette distance, Indy n'en voyait pas plus. Ce pouvait être n'importe quoi.

Rampant dans l'herbe glacée, il s'approcha.

Alors, la forme révéla des détails.

C'était, allongé sur une pierre plate, pieds et poings liés, bâillonné, quelqu'un qu'il connaissait bien.

Herman Mueller!

8

Bas les masques !

Indy fut horrifié de découvrir son ami dans le rôle de l'agneau promis au sacrifice.

Les vêtements d'Herman étaient déchirés, ses cheveux en bataille. Des liens serrés lui sciaient les poignets et les chevilles, un bâillon lui obstruait la bouche. Il ne pouvait ni bouger un muscle ni articuler une syllabe.

Mais avant qu'Indy ait pu songer à intervenir, Herman trouva un défenseur inattendu en la personne de Sir Reginald Pengrave. Le lord fit un pas en avant.

« Maître, dit-il. Et vous aussi, mes frères ! Réfléchissez encore à ce que nous sommes sur le point de faire. C'est un meurtre. Faut-il vraiment assassiner ce pauvre garçon? Je vous en prie, mes frères, réfléchissez encore!»

Il y eut des murmures parmi les autres druides.

Belphégor, craignant une rébellion, s'empressa d'intervenir.

«Ce garçon est le fils de notre plus insidieux ennemi, lança-t-il d'une voix de stentor. Et son sacrifice célébrera notre triomphe sur ceux qui s'opposent à nous. Son sang versé sera le ferment d'un pouvoir inouï! Après cela, plus personne ne pourra nous arrêter. Nous serons invincibles!

— Mais il faut encore réfléchir, articula péniblement Lord Reginald, d'une voix sans timbre.

— Le temps de la réflexion est révolu! lança le faux druide. Désormais, il est temps d'agir!»

Indy voyait bien à leur attitude que les autres membres de la secte étaient mal à l'aise. Mais personne n'osa élever la voix.

«Ce n'est pas juste! persista Lord Pengrave.

— Quoi ! s'écria Belphégor. N'est-il pas juste de châtier ceux qui violent notre sanctuaire sacré ? N'est-il pas juste que leur sang serve de nectar à nos dieux tutélaires ? Et d'abord, qui es-tu, toi, pour vouloir commander ? Les druides noirs te sont-ils apparus ? T'ont-ils confié leurs secrets ? Montre-nous tes pouvoirs si tu veux être notre chef. »

Mais Lord Pengrave était un pair d'Angleterre, pas un forain. Il n'avait aucun tour de passe-passe à montrer. Tout ce qu'il put faire, c'est baisser la tête en signe d'impuissance.

Alors, Indy intervint.

En faisant claquer son fouet, il sortit de sa cachette et cria du plus fort qu'il put.

« Voulez-vous un charlatan pour chef ? Voulez-vous un espion pour chef ? Parce que cet homme n'est rien d'autre. C'est un prestidigitateur bien connu à Berlin sous le nom de Belphégor et que les services secrets allemands ont recruté pour vous berner. Lord Reginald, pendant que vous étiez ici à l'attendre, il

a fracturé votre coffre-fort et volé les secrets qui étaient dedans.

— Profanateur! Sacrilège!» rugit le faux druide d'une voix de félon.

Et il étendit les bras vers Indy, comme des canons braqués.

«Meurs, maudit!» cria-t-il.

Deux langues de feu surgirent de ses mains et filèrent droit sur Indy. Quelques druides s'écartèrent craintivement. Certains époussetèrent des étincelles sur leurs robes.

Mais Indy, qui s'attendait à ce tour, avait plongé derrière une grosse pierre. Des brins d'herbe à ses pieds, pourtant gelés, furent calcinés. La température monta un peu, mais il était indemne.

Il s'attendait à une deuxième salve. Elle ne vint pas.

Alors, il passa un œil hors de son abri. Il aperçut le faux druide farfouillant sous ses manches. Belphégor marmonnait entre ses dents en grimaçant.

«Bon, son lance-flamme s'est enrayé!» pensa Indy.

Le cercle des druides s'était resserré autour de leur pseudo-maître. Mais ils semblaient plutôt d'humeur à lui demander des comptes qu'à le protéger.

« Profitons-en vite ! » se dit Indy.

Il sortit de derrière son rocher en faisant claquer son fouet, et courut au secours d'Herman.

« Emparez-vous de lui ! ordonna Belphégor d'une voix qui commençait à désespérer d'être obéie. Il nous a espionnés, il a dérangé nos rites, il va aller raconter partout nos secrets.

— Les seuls espions dont j'ai envie d'entendre parler, répliqua Lord Reginald, ce sont ceux qui sont allés chez moi ce soir. Et les seuls secrets qui m'intéressent, ce sont ceux qui dormaient dans mon coffre-fort. »

Il avait retrouvé l'usage de sa voix et semblait furieux.

« Des mensonges ! D'ignobles mensonges ! protesta le faux druide.

— La vérité vraie ! » affirma au contraire une voix qu'on n'avait pas encore entendue jusqu'ici.

C'était Herman, à qui Indy venait d'ôter son bâillon.

« Je suis allé au manoir ce soir, continua-t-il. Ce type et deux autres y étaient. Ils se sont emparés de moi. Ils parlaient entre eux, en allemand, des secrets qu'ils venaient de voler dans votre coffre, Lord Reginald. Des secrets de la plus haute importance.

— Je pense bien ! s'exclama Lord Pengrave. C'est une copie des plans stratégiques de la Royal Navy !

— Ils ont dit aussi que se faire passer pour des druides leur avait rudement simplifié la tâche.

— Hé, oui, c'est comme ça, messieurs ! s'exclama Indy. A votre place, je ne serais pas fier. »

Tous ceux qui étaient là acceptèrent le reproche sans broncher. Pendant un instant, pensifs, ils se turent. Puis, lentement, les uns après les autres, ils s'approchèrent de Belphégor avec des attitudes menaçantes.

« Nous étions peut-être à la recherche de pouvoir, dit un homme, mais nous n'avions certainement pas l'intention de trahir notre pays. »

D'une seconde à l'autre, s'il ne se passait rien, l'espion allait se faire lyncher !

Mais deux druides s'interposèrent. L'un était Ritter. Indy le reconnut malgré sa capuche.

« Arrêtez ces deux-là aussi, cria-t-il. Ce sont ceux qui étaient avec Belphégor lorsque... »

Mais il n'acheva pas.

Les deux hommes venaient de tirer des pistolets de dessous leurs robes. Des Luger Parabellum... au canon noir, froid, luisant, mortel.

« Des Luger Parabellum ! pensa Indy. Quel aveu ! Plus allemand que ça, cette fois, je ne vois rien. »

« Plus personne ne bouge, ordonna Ritter.

— C'est cela, restez où vous êtes, bande d'idiots, enchaîna Belphégor, d'une voix pleine de mépris. Ces gamins disent la vérité : nous sommes des soldats de la guerre secrète. Une guerre que l'Allemagne gagnera. Maintenant que j'ai vu, de près, à quel point les Anglais peuvent être sots, je n'en doute pas. De grands capitaines d'industrie qui croient aux secrets des druides, n'est-ce pas, Sir Neville ? »

L'interpellé rentra la tête dans les épaules.

« Et des officiers d'état-major, n'est-ce pas, général Scott ? »

Celui-là baissa la tête.

« Et, bien sûr, des politiciens, comme ce bon Lord Pengrave, ici présent. »

Après une courte pose, Belphégor se rengorgea.

« Messieurs, ajouta-t-il enfin, vous ne saviez donc pas qu'une nouvelle religion naît sur cette terre chaque fois qu'un malin et une poignée d'imbéciles se rencontrent ? Eh bien, vous venez de l'apprendre à vos dépens. Que ceci vous serve de leçon ! Sur ce, messieurs, je vous salue bien bas. »

Lord Reginald était le seul qui ne fût pas penaud. Il écumait de colère.

« Ne les laissons pas partir, cria-t-il aux

autres. Ils ne sont que trois, nous sommes plus de trente. Ils n'auront le temps de tirer que quelques balles avant de céder sous le nombre.

— Oui, mais qui veut être le premier à mourir ? » demanda Ritter en faisant claquer la culasse de son arme.

Et comme il n'y eut pas de candidats, Belphégor et ses acolytes purent s'éloigner tranquillement.

9

La main au collet

Aussitôt que les espions eurent disparu de l'autre côté de l'horizon, la poursuite s'organisa. Le général Scott se proposa pour prévenir la police.

« Qu'on ameute aussi la douane et le contre-espionnage, insista Lord Pengrave avant de le laisser partir. Ces scélérats vont essayer de regagner l'Allemagne. Il faut absolument les rattraper. Les documents qu'ils ont volés sont de la plus haute importance.

— A pied, ils n'iront pas loin », dit un optimiste.

C'était Indy !

« Ils ne sont pas à pied, le démentit Herman. Je suis arrivé avec eux dans une grosse voiture.

— Une Benz ?

— Il me semble bien.

— Celle-là, la dernière fois que je l'ai vue, elle était dans un fossé !

— Il faut croire qu'ils l'en ont tirée. »

Sans attendre, derrière le général Scott, tout le monde regagna sa voiture. Il fallait agir rapidement pour tenter d'intercepter les trois espions Allemands, échappés dans la nature.

Lord Pengrave raccompagna chez eux les deux garçons.

Indy profita du trajet pour murmurer à Herman qu'il pouvait dire adieu à son vélo.

« Mais, tu vois, je t'ai rapporté ton cartable, dit-il à titre de consolation. Regarde, il n'y manque rien : ni cadeau piégé, ni boussole, ni briquet... pas même un carré de chocolat. »

Les deux garçons trouvèrent leurs pères sur le pied de guerre, affolés par leur disparition.

Herman eut droit à l'éternel refrain :

« Qu'est-ce que tu fabriquais encore ? »

Le professeur Jones, lui, ne demanda rien, car il n'était pas certain d'avoir envie de savoir.

Ce fut pourtant Indy qui se dévoua pour raconter.

« C'est tout simple, dit-il. Nous avons démasqué une bande d'espions allemands qui voulaient tuer Herman.

— Tuer mon Herman ! éructa alors M. Mueller, scandalisé. Et moi qui paie chaque année, rubis sur l'ongle, ma cotisation à l'*Association des amis des Chevaliers Teutoniques !* Ah, désormais, ils pourront toujours attendre ! »

Agacé par cette interruption incongrue, Indy fronça les sourcils avant de reprendre son récit, à gros traits.

Aussitôt qu'il eut fini, les deux pères décidèrent de partir, eux aussi, à la chasse aux espions.

« Il faut absolument empêcher que ces papiers quittent l'Angleterre, dit le professeur Jones.

— Qui se soucie des papiers ? bougonna M. Mueller. Attendez de voir ce qui va se passer lorsque je mettrai la main sur ce Belphégor. »

Sur ce, laissant les garçons à la garde du cuisinier avec mission de les bichonner, ils s'enfoncèrent dans la nuit.

Dans de nombreuses maisons, beaucoup d'hommes firent de même. Si bien qu'avant l'aube, tout le comté se retrouva sillonné par des patrouilles improvisées. Mais cette improvisation ne réussit qu'à créer beaucoup de désordre et à brouiller la piste des fuyards.

Heureusement les ports de Bournemouth et de Southampton étaient bouclés. Weymouth et Torbay, plus à l'ouest, suivirent, et jusqu'à Bristol, au nord.

Le lendemain, aux premières heures du jour, des renforts de police arrivèrent de Salisbury.

Les espions étaient dans la nasse !

Au milieu de la matinée, on retrouva la Benz cachée sous des taillis. Trop voyante ! Les espions avaient dû l'abandonner.

Vers midi, après un bon repas, un bain

et un petit somme, Indy et Herman ressortirent. Mais ils battirent la campagne en vain.

Ritter fut capturé vers 5 heures, à la gare de Salisbury, où il était caché sous un tas de charbon. Peu de temps auparavant, son acolyte s'était rendu, sans chercher à se défendre, à un facteur qu'il avait pris pour un policier.

Si bien qu'au bout d'un jour de recherches, seul Belphégor courait encore !

Au soir de cette folle journée, M. Mueller, le professeur Jones et les deux garçons se retrouvèrent autour d'un feu de cheminée pour une veillée qui s'annonçait plus paisible.

« Bien, dit M. Mueller. Maintenant qu'on en a le temps, vous allez nous raconter toute l'histoire dans les moindres détails. »

Les garçons se relayèrent. Herman commença par parler de la bombe fumigène qu'il voulait déposer au manoir. Indy raconta ensuite comment il était tombé sur des cambrioleurs. Herman continua avec le récit de son enlèvement avant que son ami explique à son tour sa fuite, sa chute, le souterrain.

Et puis, la découverte du mégalithe creux...

M. Mueller fut estomaqué par cette nouvelle. Le professeur Jones, lui, resta impassible.

« Incroyable ! s'exclama l'archéologue amateur.

— Banal ! se récria le professeur universellement respecté.

— Je n'ai jamais rien entendu de pareil, insista M. Mueller.

— Des histoires comme celle-là, l'histoire de l'humanité en est pleine, affirma le professeur. Entre mille autres exemples possibles, je vous citerai celui du Sphinx, dans lequel on a découvert un corridor secret qui débouche dans sa gueule, ce qui tendrait à prouver que les prêtres égyptiens y grimpaient pour y proclamer des vérités qui les arrangeaient. Voyez-vous, plus je connais l'histoire, et plus j'en viens à penser qu'elle a été faite par des gredins.

— Mais alors, s'exclama M. Mueller, cela voudrait dire que les druides...

— Vous êtes fatigant avec vos druides, mon cher ami, trancha le professeur. Je vous dis que Stonehenge est trop ancien pour être un temple druidique. Ce mégalithe peut avoir été évidé par n'importe qui...

— Pas par moi en tout cas! Je l'ai trouvé comme ça!» proclama une grosse voix dans leur dos.

Ils se retournèrent : Belphégor était dans l'entrée, un Luger à la main.

« Tous mes ennuis viennent de vous, dit-il, alors, si vous tenez à votre peau, vous allez m'aider à m'en tirer. »

L'ex-grand maître des druides avait perdu pas mal de sa superbe. Il ne portait plus sa robe, mais une grosse veste et un pantalon de velours, terreux aux genoux. Ses longs cheveux, détrempés, tombaient tristement sur ses joues. A un moment quelconque, il avait dû se cacher dans une grange car des brins de paille émaillaient sa barbe.

On aurait pu le trouver drôle — si ce

n'avait été l'arme dans sa main, et son regard de bête traquée.

Il était capable de se servir de son pistolet sans hésiter, Indy n'en doutait pas.

Mais malgré son air farouche, l'espion allemand parlait d'une voix égale et presque polie.

« Il me faut une voiture, dit-il. C'est pourquoi je viens à vous, monsieur Mueller, qui êtes un bon Allemand...

— Vous alors, ne manquez pas de toupet ! l'interrompit M. Mueller. Vous alliez égorger mon fils ! Et maintenant vous venez demander mon aide !

— Un simple malentendu, répondit suavement Belphégor. Je ne savais pas qui était ce garçon.

— Si, vous le saviez ! protesta Indy. Je vous ai entendu l'appeler " le fils de notre plus insidieux ennemi " tandis que vous brandissiez votre faucille au-dessus de sa gorge. Ça ne pouvait signifier que M. Mueller. »

Ses traits se durcissant, Belphégor braqua le canon de son Luger droit sur le front d'Indy.

« Toi, le mioche, dit-il d'un air menaçant, n'oublie pas que c'est ta faute si je suis dans ce pétrin, alors n'abuse pas de ma patience. Quant à vous, *mein Herr,* continua-t-il en se retournant vers M. Mueller, puis-je vous rappeler que je ne vous laisse pas vraiment le choix : il faut, soit m'aider, soit mourir. »

Le professeur Jones était livide.

« Que voulez-vous exactement ? demanda-t-il.

— Je l'ai déjà dit : une voiture, répondit Belphégor sur un ton légèrement agacé. La côte n'est pas loin. Dans peu de temps, moi... et les documents que j'emporte, ajouta-t-il en tapotant la poche de sa veste, nous serons en sûreté sur un bateau faisant route vers l'Allemagne.

— Ces papiers ne sont plus d'une grande utilité, maintenant que tout le monde sait que vous les avez volés, fit remarquer le professeur Jones.

— Notre intention était de les copier

et de les remettre en place, reconnut Belphégor. Malheureusement, nous avons perdu pas mal de temps cette nuit-là. Mais, reprit-il après avoir lancé un regard dur aux deux garçons, des plans de cette envergure ne se modifient pas en un clin d'œil. Ce qui donnera à la marine allemande une occasion en or d'en finir une bonne fois pour toute avec la Royal Navy. »

Il braqua son arme vers M. Mueller.

« Bon, maintenant, assez perdu de temps en parlote. Tu m'obéis ou je tire, gros tas de saindoux », menaça-t-il.

Indy commençait à soupçonner qu'obéissants ou non, de toute façon, ils allaient tous mourir. Millimètre par millimètre, il se rapprocha discrètement de la table du salon, où était posé le cartable d'Herman.

« Ma voiture est dehors, prenez-la, proposa M. Mueller.

— Pas si bête! riposta Belphégor. Il n'y a pas d'essence dedans, j'ai vérifié. Je veux d'abord que vous fassiez le plein.

Vous devez bien avoir une provision d'essence, où est-elle ?

— Dans la remise, dit M. Mueller d'une voix résignée. Je vais vous montrer le chemin », ajouta-t-il en se levant.

Belphégor sourit derrière son Luger, tandis qu'Indy, maintenant tout près de la table, se penchait imperceptiblement. Profitant de ce que l'attention de l'espion était retenue ailleurs, il saisit le cartable, l'ouvrit, y glissa la main.

Le cadeau piégé était toujours là.

« J'espère qu'Herman ne s'est pas trompé dans sa recette », pensa-t-il tout en déchirant le papier autour de la boîte de fer-blanc.

Au moment d'arracher le couvercle, il lança :

« Chaud devant, je marque ! »

Une fraction de seconde plus tard, la pièce fut envahie de fumée, du sol au plafond. A travers le brouillard, on entendit Belphégor crier :

« Was ? »

Et l'espion ponctua sa question d'un coup de feu. Immédiatement, ce fut un

véritable tintamarre d'éclats de voix et de meubles renversés : quatre personnes se ruaient en même temps sur Belphégor!

Lorsque le brouillard de fumée se dissipa, l'espion allemand était à terre. Le professeur Jones lui tenait les jambes, M. Mueller et Herman, chacun un bras.

Indy surplombait le tout, le Luger à la main.

Alertés par le coup de feu, le majordome et le cuisinier accoururent. On les envoya téléphoner à la police.

« Dites-leur que nous le tenons solidement! » recommanda Indy, avec un clin d'œil.

Les policiers ne durent le croire qu'à demi, car ils furent là en moins d'un quart d'heure, toute une armada, des gens de Scotland Yard, d'autres d'ailleurs, certains en civil, d'autres en uniforme. La suite fut une simple formalité : ils passèrent les menottes à Belphégor et l'embarquèrent sans ménagement, avec la promesse d'un procès loyal et d'au moins dix ans de prison. Après quoi, le professeur Jones se laissa tomber dans un fauteuil.

« Bon, je suppose que maintenant nous allons enfin pouvoir passer aux choses sérieuses », soupira-t-il.

Et il ouvrit un livre.

Mais il ne serait pas dit que la Providence était de son côté, ce soir-là. Car à peine eut-il le temps de chausser ses lunettes et de retrouver sa page, que le majordome entra dans le salon pour annoncer que Lord Pengrave et son fils réclamaient « l'honneur d'être reçus ».

Indy et Herman échangèrent un regard inquiet, car ils savaient déjà que d'un Pengrave, il y a tout à craindre... Alors les deux ensemble !

Ce fut au contraire un spectacle des plus comiques que de les voir pénétrer, d'un même pas, dans la pièce où flottaient encore d'âcres relents de fumée, et plisser en même temps leurs identiques nez en bec d'aigle.

« Je suis venu vous apporter à tous les remerciements de l'Angleterre, commença solennellement Lord Reginald.

Car si par malheur les documents dérobés dans mon coffre étaient parvenus jusqu'à l'état-major ennemi, notre pays eût couru un grave danger.»

Impassibles, les Mueller et les Jones se contentaient de le regarder. Pengrave se hâta de reprendre.

«Je dois avouer, cher monsieur Mueller, que je n'ai rien fait pour faciliter vos recherches à Stonehenge, c'est le moins qu'on puisse dire. Mon fils non plus...»

Lord Pengrave marqua une pause. Reggie regardait le sol, l'air buté. Son père lui donna un coup de coude dans les côtes.

«Pardon!» grogna Reggie.

Mais sa voix manquait de conviction et le regard haineux qu'il adressa à Indy et Herman affichait clairement son absence de remords.

Il ne regrettait ni de s'être acharné sur eux à Charenton Academy, ni d'être entré dans les plans de Belphégor et d'avoir remis ça ici même!

«Ce jeune chenapan, reprit Lord Pengrave, m'a raconté certaines, euh, anecdotes survenues à Charenton Academy. Je viens donc vous prier d'accepter, non seulement mes excuses, mais celles de ma famille — et vous assurer qu'à partir de la rentrée prochaine, mon fils Reggie fera tout ce qui est en son pouvoir pour que les vôtres se sentent bien au collège. »

Reggie devint rouge. Son père n'y pensait pas ! Prendre la défense de « l'Amerloque » et du « Boche » allait gâcher sa réputation à Charenton Academy !

« Messieurs, je vous sais gré de votre, euh, gentillesse, répondit M. Mueller avec finesse. Mais ce ne sera pas nécessaire.

— Pas nécessaire ? s'exclamèrent ensemble les Pengrave père et fils, aussi interloqués l'un que l'autre.

— Non, car, voyez-vous, ces deux jeunes gens ne retourneront pas à Charenton Academy après les vacances. »

A cette nouvelle, Indy et Herman se regardèrent, sans chercher à dissimuler leur joie. Mais d'où leur venait cette chance ?

« En fait, intervint le professeur Jones, M. Mueller et moi en avons discuté cet après-midi. Nous sommes tombés d'accord pour penser qu'en attendant la fin de ma tournée de conférences et celle de ses fouilles, nos fils se trouveraient mieux dans un certain collège suisse qui est, paraît-il, très douillet. Cela, après un petit séjour touristique sur la Côte d'Azur, bien entendu...

— Vraiment ? » fit Reggie, en regardant ses deux vieux ennemis.

Il semblait partagé entre la jalousie que lui inspirait un sort aussi enviable et le soulagement d'être débarrassé d'eux.

« Eh bien, messieurs, dans ces conditions, je ne sais que dire, bredouilla Lord Reginald, tout déconfit.

— Souhaitez-nous *Joyeux Noël,* cela suffira, proposa Herman.

— Et tant que vous y serez, dites-nous aussi *adieu* », lança Indy. Et en faisant un petit clin d'œil à son ami, il ajouta : « Mais au fait, Herman, n'as-tu pas un petit cadeau à offrir à Reggie ? »

Table

IMPRIMÉ EN FRANCE PAR BRODARD ET TAUPIN
Usine de La Flèche, 72200.
Dépôt légal Imp : 6287 I-5 – Edit : 8645.
20-07-8662-05-7 – ISBN : 2-01-018840-3.
Loi n° 49-956 du 16 juillet 1949 sur les publications destinées à la jeunesse.
Dépôt : janvier 1994.